Vorwort und Dank

Mit der Katrin hat es damals angefangen. Im richtigen Leben heißt sie anders, aber sie war meine erste Muse. Jung, neugierig und mit einem großen Busen. Wir haben es nie miteinander getan, aber der Gedanke daran, hat mich zum Schreiben inspiriert. Liebe Katrin, vielen Dank dass du in der damals doch sehr schweren, aber durchaus geilen Zeit für mich da warst. Wünsche dir und deiner kleinen Familie alles Glück der Welt, bleibt vor Allem gesund!

Ein weiterer Dank geht an meinen guten schwulen Freund Ingo, der mich für die Schlossbesichtigung inspirierte und bis heute noch darauf hofft, dass ich mich zu einer gleichgeschlechtlichen Beziehung eignen würde. Du hast immer noch etwas gut bei mir!

Dank auch an all die Menschen, welche mich auf meinem erotischen Abenteuer begleitet und angespornt haben, diese Geschichten zu veröffentlichen, vorneweg meine geliebte Frau Jutta.

Vielen Dank euch allen und viel Spaß beim Lesen!

Rottweil, den 20.04.2022   Achim Leed

Inhaltsverzeichnis:

... es geht weiter...

Die Kolumnen und Gedichte zum Schluss

Seite 59

Das Ding mit den Coaches

Seite 64

Die Beeinflusser

Seite 68

Fachkauderwelsch

Geschichte 1

See im Regen

„Mist" dachte sich Katrin, es regnete schon wieder. Inzwischen war sie mit Petra den dritten Tag auf diesem abgelegenen Campingplatz in der Oberpfälzischen Wallachei. Als die beiden ihr Viermannzelt endlich aufgebaut hatten und Petra sich dabei drei ihrer teuer gestalteten Fingernagel-Kunstwerke mit Zeltstangen und Heringen ruinierte, fing der Himmel an zu weinen. Und jetzt schon seit den gesamten drei Tagen war Petrus nicht gerade gnädig mit den beiden. Im Internet hatten sich die beiden in wochenlanger Vorarbeit immer und immer wieder diesen idyllischen Platz an einem kleinen und schnuckligen Badesee angesehen. Petra war es die darauf drängte den Campingplatz zu buchen. Sie war es auch die mit ihrem klapprigen kleinen Wagen, der schon von der Ferne jedem durch seine aufgeklebten pinkfarbenen Sternchen auffiel, die lange Strecke bis zum Zielort zurücklegen musste. Katrin zog ihren blondgelockten Wuschelkopf ins Zelt zurück und drehte sich zu Petra, „und ich werde heute verdammt nochmal baden ob es pisst oder nicht!" Wütend riss sie sich ihr T-Shirt vom Leib und ließ ihre wohlgeformten Brüste aufgebracht wippen. Sie stürmte auf ihren Koffer zu und wühlte ungehemmt in ihren Klamotten. Mit einem Lächeln auf den Lippen streckte sie ihre Faust in die Höhe, worin sich ihr knappes Bikinioberteil befand und grinste als ob sie eben auf etwas Wertvolles gestoßen wäre."Verdammt noch mal, wir sind jetzt den dritten Tag auf diesem fucking Campingplatz haben einen See vor der Nase und können nicht baden, das kann nicht sein!" Sie legte sich das scharfe Oberteil um den Hals zog die beiden kleinen Dreiecke über ihre Nippel und schloß das Teil auf ihrem Rücken mit geübten Griffen." Gehst jetzt mit oder bleibst im Zelt?" Petra hatte nicht wirklich Lust zum Baden, für sie war Sommerurlaub die Zeit des Jahres um Braun zu werden und zum Flirten, deshalb verneinte sie die Frage. "Ok, ich bin am See" schmetterte Katrin zurück, schnappte sich ein Handtuch und tiegerte los. Es war ihr in diesem Augenblick völlig egal, dass ihr der Regen die Haare zu einem Gebilde aus nassen Röllchen auf einem Wischmopp machte, sie wollte endlich in das klare Wasser des Sees eintauchen. Vom Zelt aus waren es noch zirka 150 Meter bis zu dem Handlauf, der die Badegäste sicher in den Badesee geleiten sollte. Der Regen übersäte die Oberfläche des Wassers mit lustige Figuren und das Geräusch der hernieder prasselnden Tropfen auf dem See erinnerte Katrin an das entspannende Geräusch bei Regen unter ihrem Dachfenster. Sie grinste vor sich hin, weil sie dieses Geräusch an die letzte gemeinsame Nacht vor ihrer Abfahrt mit Klaus erinnerte. Und dieses sexuelle Erlebnis war mit allem vorhergehenden nicht zu vergleichen, es war, als ob Klaus, seine komplette Geilheit in sexuelle Energie umgewandelt hatte. Sie ist an diesem Abend drei Mal von ihm glücklich gemacht worden und diese Gedanken brachten ihr Lustzentrum langsam wieder zum Glühen. Katrin schaute sich auf dem leeren Badeplatz um und bemerkte, dass keine Menschenseele bei diesem Mistwetter unterwegs war. Im nahegelegenen Campingplatz Restaurant waren Stimmen zu hören und das Klappern von Geschirr konnte sie auch leicht vernehmen. Jetzt als sie sich unbeobachtet fühlte verschwand ihre sonst doch sehr große Scham und sie wollte heute einmal etwas ganz Verrücktes machen. Sie vergewisserte sich ob sie auch wirklich ungestört war indem sie ihren Blick noch einmal über die ganze Fläche des Badestrands schweifen ließ und als sie sich auch völlig alleine wähnte entledigte sie sich schnell ihrer knappen Badekleidung und griff nach der Stange die sie ins

Wasser führen sollte. Die feinen Steinchen unter ihren Füßen ließen keinen Schnellen Tauchgang zu, weshalb sie nur im Schneckentempo ins kühle Nass gleiten konnte. Endlich als ihre Scham vom Wasser bedeckt und sie bis zum Bauchnabel im See stand tauchte sie ihren wunderschönen Körper in einem schnellen Ruck in die Fluten. Die Temperatur des Sees war für die Jahreszeit doch noch recht kühl, was deutlich an ihren starr gewordenen Nippel zu sehen war als sie wieder auftauchte. Da stand sie nun, alleine und mitten im Regen, in einem doch sehr schönen kleinen Badesee im bayrischen Niemandsland. Ihre Nacktheit fühlte sich heute sehr erregend für sie an und dieses neue Gefühl machte ihr irgendwie etwas Angst. Um sich auf andere Gedanken zu bringen beschloss sie ein paar Runden im See zu drehen. Aber auch die rhytmischen Bewegungen beim Schwimmen ließen ihre Geilheit nicht verschwinden. Das Wasser das zart um ihre Brüste streichelte und bei jedem Abstoßen der Beine ihre Lustfrucht verwöhnte verstärkte das Verlangen nach Befriedigung immer nur noch mehr. Irgendetwas passierte, denn auch Petrus weinte nicht mehr auf die Erde herunter, sondern schickte sogar noch seine Freundin Sonne auf die Bildfläche. Als der Regen komplett aufgehört hatte, schwamm Katrin langsam wieder auf den leeren Badestrand zu, um ihre Freundin ebenfalls an diesem geilen Gefühl teilhaben zu lassen. Doch es kam anders als sie das erwartet hatte. Sie spürte urplötzlich einen stechenden Schmerz in ihrer Wade, welcher sie zwang, wesentlich langsamer zu schwimmen. Mit schmerzverzerrtem Gesicht erreichte sie das ersehnte Ufer wo sie sich komplett nackt auf einen kalten Stein setzen musste. Auftreten auf den rechten Fuß, geschweige denn laufen war ihr nicht mehr möglich. „Junge Frau, geht es ihnen gut?" hörte sie eine männliche Stimme sagen. Völlig aufgebracht versuchte sie ihre Nacktheit mit den ihr zur Verfügung stehenden

Mitteln zu verbergen, doch es gelang ihr nicht. Mit heißen und rotgefärbten Wangen versuchte sie auszumachen woher die Stimme kam. Da stand er, es war der nette braungebrannte Mann vom ortsansässigen Bootsverleih, der den beiden Beauties geholfen hatte ihr sperriges Zelt zu errichten. „Was ist mit dir los, hast du Schmerzen?" fragte er Katrin besorgt. „Brauchst du Hilfe?" Verlegen stotterte sie, dass sie vermutlich einen Krampf in der Wade hätte, aber dass er ihr zuerst einmal ihre Badesachen holen könne. Der fürsorgliche junge Mann machte sich in seiner ausgewaschenen Jeans, welche unterhalb der Knie abgetrennt wurden auf den Weg das scharfe Badeteil zu bringen. Fast unbeholfen stolperte er mit seinen Flip Flops über den Kiesstrand um Katrin ihren Schamschutz zu bringen. Als er ihr die Teile überreichte, sah Katrin, dass sich ihr nackter Anblick sich in seiner Jeanshose abzeichnete. „Ich bin der Micha" mit diesen Worten übergab er den Bikini und nun konnte auch Katrin feststellen, dass ihr Held selbst gerötete Wangen der Scham hatte. „Ich dreh mich um, dann kannst dich anziehen" kam aus seinem Mund und sofort wendete er sich von diesem scharfen Anblick ab. Ein solches Verhalten törnte Katrin in diesem Moment so an, dass sie komplett den Krampf mit seinen Schmerzen vergaß. „Super Danke Micha, heute bist du mein Held...brauchst dich auch nicht umdrehen. Gefalle ich dir denn nicht?" „Oh doch, sehr sogar, das kann ich doch nicht verbergen oder hast du nichts gemerkt?" Klar hatte sie das bemerkt, aber sie wollte ein Spiel mit ihrem Verehrer spielen. „Nö, warum?" „Och gar nichts, dachte blos..." „Ich hab noch leichte Schmerzen im Bein, kannst mir beim Einsteigen ins Höschen helfen?" „Klar kann ich das" stotterte der sichtlich zitternde Micha und trat ganz nahe an Katrin heran, um sie zu stützen. Katrins Titten standen waagerecht und in der Jeanshose tanzte der Teufel Polka. Ganz gezielt strich sie mit ihren Warzen über den nackten Oberarm ihres Helfers, welcher immer stärker anfing zu schwitzen. „Geht's bei dir?" fragte sie den jungen Mann, der kaum noch normal Atmen konnte. „Klar, du bist so wunderschön, ich kann mich kaum noch halten. Spürst du jetzt wie erregt ich bin, " gestand er ihr nahm ihre Hand und führte sie zu seiner Ausbeulung in der Hose. Katrin gefiel diese Offenheit und sie ließ es sich nicht nehmen auch mal richtig in das Prachtstück zu kneifen. „Jetzt glaub ich dir, und was machen wir gegen dieses gefährlich geschwollene Körperteil? Das kann bei Nichtbehandlung zu schwerwiegenden Schäden führen." „Ja ich weiß, kennst du eine gute Therapie?" plötzlich lächelte auch Micha etwas verschmitzt. „Klar, aber dazu musst du erst ins Wasser!" Sie konnte gar nicht so schnell schauen, wie sich Micha seiner Klamotten entledigte und in die Fluten sprang. Da stand er nun, ein prächtig gebauter Körper, braun gebrannt von den Sonnenstrahlen der vergangenen Wochen und blickte mit seinen dunklen Augen auf die aufgeheizte Venus, welche sich auch schon wieder in ihrer natürlichen Nacktheit präsentierte. Die Schmerzen im Bein waren auf wunderliche Weise umgewandelt worden in ein leichtes Ziehen in ihrer Lustgrotte. Katrin erhob sich langsam von ihrem Rettungsstein und glitt ebenfalls lasziv ins kühle Nass. „Dir geht's wohl wieder besser dann kannst du mich ja jetzt langsam retten, " rief Micha ihr zu als sie langsam auf ihn zukam. Das Wasser bedeckte seinen Körper bis knapp über seine Scham aber wie das Ungeheuer von Loch Ness ragte nur seine Schwanzspitze aus dem Wasser. Dieser Anblick löste bei Katrin ein lautes Lachen aus. Sie griff mit einem gekonnten Griff diese Monster und zog das Herrchen dieses Tieres ganz nah zu sich. „Hey, darf ich mich vorstellen, Snakehunterin Katrin von Zeltplatz 28!" „Servus Katrin, das weiß ich doch...aber jetzt zähme doch bitte dieses Untier mit einem Auge." Konnte Micha gerade noch aus seinem Mund bringen bevor zwei hungrige Lippen diesen verschlossen. Ein wildes Saugen und Schmatzen zeugte von der ausgebrochenen Geilheit, welche sich über beide ausgebreitet hatte. Katrin hatte das Ungeheuer nicht mehr losgelassen und wichste mit festem Griff die zarte Haut des Monsters. Erst als sich ihre Zungen zum Zweikampf in den feuchten Höhlen trafen, ließ sie von seinem Schwanz ab um sich mit beiden Händen Halt um seinen Hals zu schaffen. Micha war sicher fast zwei Meter groß und sie hatte Mühe eine bequeme Position für ihre heißen Küsse zu finden. Sie zog ihren willigen Körper mit einer Umarmung an seinem Hals in die Höhe und legte ihre gespreizten Beine um seine Hüften. Sie spürte seinen heißen Schwanz wie er von einer Arschbacke zur Anderen wackelte und wollte einfach nur dass er endlich in sie eindringen sollte. Micha löste das Geknutsche und ließ den nassen Oberkörper von Katrin auf die Oberfläche des Wassers zurückgleiten. Er genoss sichtlich den Anblick ihrer geil nach oben blitzenden Titten und versuchte mit seiner rechten Hand einen dieser Lustspender zu streicheln. Er massierte mit seinen Fingern die zarten Vorhöfe der Warze und erreichte somit, dass ihre Nippel steif und extrem hart wurden. Urplötzlich löste er seine stützende Haltung und zog Katrin wieder ganz nah zu sich heran. Was ist jetzt los, dachte sich die vor Verlangen zerfließende Katrin und griff sich in ihrem Schrecken an Michas Pobacken fest. Sein steifer Schwanz stieß in ihren Bauch, als ob er sich mit ihrem Nabel vergnügen wolle. Micha griff Katrins Hand und führte sie langsam zu dem Stein zurück, wo sie ihr schicksalhaftes Treffen hatten. Der Stein ragte zirka ein Meter aus der Oberfläche des Wassers heraus und verführt jeden Schwimmer zu einem Kopfsprung von ihm ins klare Wasser. Für die beiden Liebenden sollte dieser aber zum Ort der Befriedigung werden. Zwei starke Arme hoben Katrin aus dem Wasser und platzierten ihren von Gänsehaut übersäten Körper auf dessen rauer Oberfläche. Endlich konnte Micha sich mit voller Kraft auf die vor ihm klaffende Muschi von seiner Gespielin kümmern. Die rasierte Frucht des Verlangens lag offen vor ihm und sogleich kamen auch seine weichen Lippen in den Genuss ihren leckeren Saft in sich aufzunehmen. Wollüstig begann er mit seiner Zungenspitze die einladenden Lippen der Scham zu schmecken. Mit kreisenden Bewegungen um ihren Kitzler startete seine Zunge ihre Reise zu höheren Genüssen. Katrin stöhnte vor Erregung so laut, dass er kurz von ihrem Lustknopf abließ, um ihre beiden Schamlippen zwischen seine Lippen zu nehmen. Genussvoll schmatzend verwöhnte er durch leichtes Knabbern ihre vor Feuchtigkeit auslaufende Grotte. Katrin hatte sich auf ihrem Liebesstein zurückgelegt und erfreute sich seinen Liebkosungen. Es ging nicht sehr lange und die Säfte eines fantastischen Höhepunktes flossen direkt auf die weiter penetrierende Zunge von Micha, welcher immer noch bis zur Brust im Wasser stand. „Hör auf bitte, bitte, bitte! Ich bin bereits gekommen, brauche etwas Ruhe!" jammerte Katrin. Micha erhörte ihr Flehen und machte sich sogleich aus dem Wasser und setzte sich Ihr gegenüber auf den Stein. Seine Erregung hatte leicht nachgelassen und die Kraft von Vorher war aus seinem Schwanz gewichen. „Oh, ein bisschen konnte ich dir wohl schon helfen", bedauerte Katrin und bekam sogleich auch einen Kuss von ihrem Helden. „Na ja, ich glaube ganz bin ich noch nicht geheilt" erwiderte, Micha und begann seinen Schwanz mit der Faust zu massieren. „Warte ich helfe dir dabei" forderte Katrin ihren Liebhaber auf und nahm die raue Männerhand von seinem Luststock weg. Sie beugte sich gekonnt über das halb erigierte Glied und gab dem Kopfstück einen zärtlichen Kuss. Ein Zucken ging durch das Körperteil des Mannes und Katrin begann mit leicht geöffnetem Mund die zarte Haut der Nille zu massieren. Wieder und wieder tauchte der samtrote Pimmelkopf in ihre Mundhöhle. Sie war sehr vorsichtig und knabberte sanft unter die Rundungen des Lustknopfes. Als sie mit ihrer Zunge die Öffnung des Schwanzes umspielte, stand das Gewehr wieder starr und steif für weitere Aktionen bereit. Aber Katrin genoss dieses Spiel und ließ nicht von ihrem Blasen ab. „Hey, jetzt nur nicht schlapp machen" stieß sie mit gefülltem Mund hervor, „Du hast mir geholfen und jetzt will ich dir helfen"! Micha griff sich ihre immer noch feuchten Locken und begann ihren Kopf langsam auf seinem Schwanz tanzen zu lassen. Auch er brauchte nicht lange bis seine Kanone kurz vor dem Abschießen stand. „Oh Gott, pass auf ich komm gleich" stöhnte er, „wo soll ich mich entladen, du geiles Miststück?" Katrin ignorierte das Gejammer und spürte wie seine Liebeswurzel immer stärker zu pulsieren begann. Im richtigen Augenblick zog sie seinen Schwanz aus ihrem Mund und brachte den Abschuss mit ihren Händen zum Ende. In kurzen Stößen schoss sein Liebessaft auf die Wangen von Katrin, welche dieses klebrige Lebenselixier mit seiner Schwanzspitze in ihrem Gesicht verteilte. „Das gibt eine zarte Haut" grinste sie den um Luft pumpenden Micha an und nahm seinen Schwanz noch einmal in den Mund, um den letzten Tropfen aus ihm herauszusaugen. „und der letzte Tropfen ist zur Erinnerung an wunderschönen Sex". Die beiden blieben noch eng aneinander gekuschelt bis zur Abenddämmerung auf ihrem Stein sitzen und genossen den wunderschönen Sonnenuntergang am Perlsee in der oberpfälzischen Wallachei.

Geschichte 2

Sturmfrei!

Rumms, die schwere Eingangstür fällt in ihr Schloss und innerlich bereitet sich eine irrsinnige Freude in mir aus. Nach diesem harten Tag voller Kids-Stress und Gekreische hatte Veli endlich unsre Twins im Auto und startet los zum Weihnachtsbesuch bei seinen Eltern in Italien. Für mich bedeutete dies erstmals wieder durchatmen aber auch eine ein Weihnachtsfest ohne meine geliebten Kids feiern, komisch. Maik, mein Loverboy, der schon seit Dienstag bei mir war und mich in jeder Hinsicht mit den kleinen Räubern unterstützt hatte, entzündete bereits das Feuer im wunderschönen Kamin bei der Kuschelecke und entledigte sich seiner vom Schnee feucht gewordenen Jeanshose. Ich schaute kurz um die Ecke und bemerkte wie er sich in seiner Boxershorts an seinem kleinen Freund erfreute und ihn in die richtige Lage brachte. Mit einem Grinsen und wollüstigen Gedanken machte ich mich auf den Weg in das Schlafzimmer, um mir etwas Heißes für ihn anzuziehen. In meinem begehbaren Kleiderschrank entdeckte ich das kurze schwarze Röckchen, welches auch Veli immer so tierisch abgehen ließ, wenn wir uns im Swingerclub vergnügten. Rasch noch den unbequemen BH ausgezogen und die neckische fast durchsichtige Bluse übergeworfen, nur notdürftig am Bauch kurz zusammengebunden und los geht's. Maik machte sich gerade am CD-Player zu schaffen und versuchte die selbstgebrannte CD mit Rockbaladen zu starten, was ihm gerade gelang, als ich zwischen dem Türrahmen stehen blieb und ihn mit einem verführerischen Blick fixierte. Als er sich umdrehte und mich sah, bemerkte ich, dass nicht nur er sich freute, nein auch die Boxershort hatte eine recht ordentliche Beule der Freude. „Du siehst verdammt geil aus Baby, komm auf die Kuschelecke ich will endlich ungestört mit dir schmusen!" Langsam und mit erotisch wiegendem Schritt ging ich ihm entgegen. Er sah komisch aus, die Socken noch an, die rote Boxershort und darüber hing sein Hemd mitsamt dem Pullover. Einen halb nackten Mann dachte ich mir, aber nicht mehr lange! Ich stellte mich auf meine Zehenspitzen und legte meine Arme um seinen Nacken. Maik packte mich an meinen Pobacken unter dem kurzen Röckchen und hob mich zu sich hoch. Unsere Lippen fanden sich zu einem zarten aber doch leicht heftigen und langen Kuss. „Schön, dass du bei mir bist, vielen Dank. Heute darfst du mit mir machen was du möchtest!" hauchte ich diesen großen, starken Schmusebär an. „Ja Süße, ich begehre dich, komm wir legen uns auf die Kuschelecke!" „Alles was du willst, Maik!" entgegnete ich ihm und ließ mich von seinen starken Händen geschickt zu der Spielwiese navigieren. Während wir uns küssten ließen wir uns auf die bequemen Polster hinunter sinken. Ich spürte seine zarten Hände auf meinem ganzen Körper und seine Lippen begannen meinen Hals zu erforschen. „Endlich Sturmfrei" keuchte ich leise und genoss seine Liebkosungen, welche meine Brustwarzen unter meiner dünnen Bluse anschwellen ließen. Auch er bemerkte die Veränderung meines Gemütszustandes beim Anblick der kleinen Hügel welche wie kleine Erhebungen den durchsichtigen Stoff verformten. Seine Hände suchten zielstrebig nach den kleinen Lustspendern unter der Bluse und liebkosten diese mit seinen Fingerspitzen. Ich spürte wie sich zwischen meinen Beinen ein Gefühl der Geilheit ausbreitete und als ich meine Oberschenkel auseinanderschlug meinte ich ein leises Schmatzen zu hören, welches von meiner Muschi abgegeben wurde. Ja, ich war unendlich scharf auf diesen mir hörigen Loverboy, der es immer wieder schaffte mich um den Verstand zu bringen. Gerade als ich den Versuch startet, seinen mächtig geschwollenen Schwanz in meine Finger zu bekommen, dieses schreckliche Geräusch. RingRing, es klingelte an der Haustüre. „Erwartest Du noch jemanden?" fragte mich Maik entgeistert und ich sah wie er vor Erregung fast schon explodieren wollte. „Nein, keine Ahnung wer das sein könnte?" entgegnete ich und stand auf. Ich zupfte meine Bluse zurecht und strich mein Röckchen glatt. Mit starr nach vorne strotzenden Brustwarzen eilte ich zur Eingangstür und schaute neugierig zu den kleinen Fenstern hinaus. Nadi? Was will denn Nadi? Fragte ich mich. Ich öffnete ihr die Türe und blickte in zwei traurige Augen. Es sah aus als hätte sie sich noch kurz vorher ihre Tränen abgewischt und mir fiel ein, dass ich bei unserem letzten Treffen ihr zusicherte, jederzeit für sie da zu sein, wenn ihr blöder Freund wieder Amok laufen sollte. In diesem Augenblick bemerkte ich auch die Flasche Rotwein in ihrer Hand und mir schwante Übles. „War wieder was mit deinem Penner? Komm rein und erzähl!" Schluchzend stolperte Nadi über die Schwelle und stotterte „ich will dich aber echt nicht stören, du siehst scharf aus, ist dein Freund da?" „Ja, Maik ist drin, komm ich stell ihn dir vor…" Aus dem Wohnzimmer hörte man Gepolter, Maik muss wohl vor Schreck von der Kuschelecke geflogen sein. Ich führte Nadi ins Wohnzimmer wo ich ihr den schweren Mantel abnahm und über die Lehne der Couch schmiss. Mit großen Augen schaute Nadi zu Maik auf und streckte ihm ihre Hand entgegen „Hey ich bin Nadi, ich kenn Mara durch unsere Kids…" stieß sie hervor. Es war ein wunderlicher Anblick, Maik in seinen Boxershorts mit immer noch während starker Ausbeulung und seinem locker darüber hängendem Hemd da, dem Pullover hatte er sich schon entledigt. „Grüß dich, ich bin Maik, sorry mein Aufzug, aber meine Hosen sind alle nass. Hoffe dich stört der Anblick nicht!" grinste er Nadi an. „Kein Problem, ich wollte euch aber wirklich nicht stören." „Papperlapapp!"

erwiderte ich und nahm ihr die Flasche Wein aus der Hand, „die wolltest du sicherlich nicht wieder mit nach Hause nehmen, nehme ich an. Komm setz dich!" Ich wies ihr einen Platz am großen dunklen Wohnzimmertisch und verschwand in der Küche um drei Gläser für den Wein zu holen. Als ich in die Wohnstube zurückkehrte, waren Maik und Nadi schon in einem netten Gespräch vertieft. Ich setzte mich neben meinen großen Liebhaber und beteiligte mich an der Konversation. Nadi berichtet von den erneut vorgekommenen Auseinandersetzungen mit ihrem Idioten und brach zwischendurch immer wieder in Tränen aus. Das Gespräch entwickelte sich sehr positiv und die einst traurige Haltung von Nadi kehrte sich in ein durch Wein und gutes Zureden ausgelassenes Gelächter. Auch Maik und ich wurden immer kindischer und neckischer und ich konnte meine Finger einfach nicht von den Boxershorts von Maik lassen. Nadi beobachtet uns sehr genau und ich erinnerte mich an das sehr interessierte Gespräch mit ihr, was wir über Swingerclubs geführt hatten. Es machte mich irgendwie an, wie sie ihre Augen nicht von Maiks Ausbeulung lassen konnte und wollte sie auf irgendeine Art etwas herausfordern. Immer wieder küsste ich Maik auf seinen Hals und dachte darüber nach wie wohl Nadi küssen würde. Leicht beschwipst begann diese dann mit anzüglichen Bemerkungen und fragte unverblümt, wann sie uns denn mal bei einem Clubbesuch begleiten dürfe. „Was würdest Du denn da gerne mal machen?" fragte Maik den weiblichen Gast. „Was macht man denn da so?" kam als Antwort aus ihrem Mund. Ich schaute Nadi an und entgegnete „kannst du dir das nicht vorstellen...wie wäre es, ich bin gerade extrem scharf auf meinen Lover, und wenn du das aushalten kannst, willst zuschauen?" Nadi nickte schüchtern was für mich ein klarer Startschuss für das weitere Fortfahren unseres geilen Vorspiels war. Maik schaute erst etwas verwundert, wusste aber sofort was er zu tun hatte. Forsch nahm er meine Hand und zog mich von meinem Stuhl hoch. Während er mich zärtlich küsste hob er mich unter den Achseln noch und setzte mich auf den schweren dunklen Tisch. Unsere Zungen tanzten Tango miteinander und mit verspielten Fingern streifte dieser starke Mann meine Bluse über die Schultern. Seine Handflächen legten sich auf meine Brüste und begannen zärtlich mit kreisenden Bewegungen diese zu massieren. Aus einem Augenwinkel beobachtete ich unseren Gast, welche wohl leicht erregt ihre Strickweste abgelegt hatte. Sie beobachtet uns mit Argusaugen und auch ich konnte keinen Blick von ihr lassen. Ich begann mit meinen Händen der lästigen Shorts von Maiks Hintern zu schieben und spürte wie seine Erregung schwer an die Tischkante klatschte. Meine rechte Hand begann seinen harten Riemen mit festem Handgriff rhythmisch zu wichsen. Maik stöhnte leise auf und begann mit seinem Mund langsam an meinem Hals hinunter zu wandern um letztendlich meine steifen Warzen mit seiner Zunge zu reizen. Auch ich zitterte und stöhnte vor Erregung als ich seine Hände plötzlich unter meinem Röckchen spürte, wie sie versuchten meine Lusthöhle von dem roten String zu befreien. Bereitwillig erhob ich mich kurz und mit einem Ruck war ich dem Stofffetzen entledigt. Nadi rutschte immer mehr auf ihrem Stuhl hin und her und ich konnte aus den Augenwinkeln erkennen, wie sie sich selbst mit ihren Brüsten beschäftigte. „Zieh dich doch auch aus, wir schauen dir nichts weg" forderte ich sie auf und ohne lange nachzudenken kam dieses kleine Luder meiner Aufforderung nach. Maik hatte sich mit seiner Zunge bereits bis zu meinem Zauberknopf vorgearbeitet und verübte dort wie immer die reinste Zungenakrobatik. Mir schwanden schon fast die Sinne, als ich plötzlich eine weibliche Hand auf meiner Brust spürte. Nadi begann mich sehr zärtlich zu streicheln, während ihr Mund meinem immer verdächtiger näherkam. „Hast du schon einmal eine Frau geküsst?" fragte ich sie und sie bejahte meine Frage. „Komm küss mich" hauchte ich ihr zu und unsere Lippen und Zungen verschmolzen ineinander. In meinem Schoß breitete sich megageile Säfte aus und ich wollte mich gerade einem Orgasmus hingeben, als sich Maik von mir abwand und sich rücklings auf den großen Tisch legte. „Süße, komm blas mir einen" stöhnte er, aber bevor ich seinem Wunsch nachgehen konnte, hatte sich Nadi sein Prachtstück in ihrem Rachen einverleibt. „Macht nichts, setz dich auf mein Gesicht, ich will deine Säfte weiter schmecken…" Ich war etwas erstaunt über die Dreistigkeit von Nadi und wollte sie nachher dafür bestrafen, egal wie…aber jetzt war ich erstmals so richtig heiß und wollte nur noch die Zunge von Maik zwischen meinen Schenkeln spüren. Ich kletterte ebenfalls auf den Tisch und setzte mich auf Maiks Gesicht, der sofort mit seinem Lappen meine Muschi zum Überlaufen brachte. Erregt und vollkommen feucht beobachtete ich Nadi wie sie Maiks Lümmel genüsslich in ihrem Mund hin und her bewegte. Nach einer geilen Weile wollte ich das auch was Nadi hatte und beugte mich langsam zu Nadi vor, die bereitwillig diesen schönen Schwanz mit mir teilte. Um zwischenzeitlich etwas Luft zu bekommen küssten wir uns und tauschten die aufgenommenen Säfte zwischen uns aus. „Mara, meinst du Maik würde mich auch lecken?" stöhnte Nadi mir zu…Ich überlegte und schaute zu Maik, dessen Augen sich vor Wollust bezüglich des geilen Blowjobs weiteten. „Willst du sie lecken?" fragte ich ihn, „wenn sie es erlauben Herrin, würde ich das schon machen…" krächzte der Loverboy…"OK, aber leck sie gut sonst wirst du bestraft!" kicherte ich und alsbald saß Nadi auf seinem Gesicht und ich setzte mich auf seinen geschwollenen Schwanz. Es war ein schönes Bild was sich mir darbot. Ich während ich mich auf Maiks Schwanz auf und ab bewegte in Nadis Augen sehen und sie nebenher noch zärtlich streicheln. Maiks geschickte Zunge brauchte nicht lange, bis Nadis Körper zuckend und schwitzend mit einem lauten Schrei zu einem Wahnsinns Orgasmus kam. Buchstäblich brach sie durch die freigewordenen Gefühle über Maiks Körper zusammen und entspannte sich auf wundersame Art. Wild fickend auf Maiks Muskel, wollte ich auch dieses Gefühl erleben und deshalb überkam mich der Wunsch mir seinen Schwanz in den Arsch zu schieben. Gut geschmiert von meinen Körpersäften glitt seine Lanze langsam unter zarten Schmerzen in meinen Anus. Nach anfänglichen Startschwierigkeiten wurden aber meine Empfindungen immer stärker und stärker und gemeinsam mit meinem Loverboy erreichten wir das Ziel der Wollust. Unsere Säfte ergossen sich gemeinsam und mit einer erlösenden Entspannung, dankte ein unbeschreiblicher Orgasmus unser Treiben. Irgendwann stiegen wir drei von dem malträtierten Tisch herunter und setzten uns auf die Couch nebenan. „Das war geil, nehmt ihr mich jetzt mal mit, bitte bitte bitte" kam aus Nadis Mund und ich schaute mit verklärtem Blick zu meinem Liebsten, der nur noch ein Lächeln auf seinen Lippen hatte.

Geschichte 3

Katrin im Fickness-Wahn

Es war ein verregneter Freitagmorgen als Katrin in ihrer neu
gestrichenen Küche sich gemütlich zu einer Tasse Kaffee und
einem leckeren Butter-Croissant an ihren viel zu kleinen Esstisch
setzte um sich ihrer allmorgendlichen Regionallektüre zu widmen.
Wie jeden Morgen ärgerte sie sich über die aus der Zeitung
quellenden Werbeprospekte und Schweinebauchanzeigen, welche
von ihr in üblicher Manier geradeaus in den Papiereimer flogen.
Nur heute war ein kleiner unauffälliger in gelblichen Tönen
gestalteter Flyer darunter, welcher ihre Aufmerksamkeit auf sich
zog. Mit großen Lettern wurde das neu eröffnete Discount-
Fitnesstudio „Slim and Fit" angepriesen, welches mit günstigen
Discount-Preisen, einer modernen Sauna und Fitnessgeräten
neusten Standards auf Kundenfang war. Die farbigen Bildchen auf
dem Flyer erweckten Katrins frauliche Neugier. Die smarten
Trainer, das ansprechende Ambiente und natürlich die
entspannend wirkende Sauna ließen Katrin den ganzen Morgen
keine Ruhe mehr. An diesem Morgen stellte sie fest, dass sie sich
noch genauer unter der Dusche, vor ihrem Spiegel und bei der
Auswahl ihres Outfits für den Tag beobachtete. Jedes Körperteil
wurde auf Fett, Funktionsfähigkeit und Aussehen genauestens
inspiziert. Ihren großen, drallen Busen, der wohl augenscheinlich
den Männern immer als erstes ins Auge schoss, fand sie einfach
zu wuchtig und sie gab ihren Möpsen auch die Schuld an den
chronischen Rückenschmerzen, die sie schon seit ihrer Pubertät
quälten. Aber sie funktionierten und dazu bereiteten diese beiden
Wonnespender ihr und komischerweise allen ihrer Liebhaber sehr
große Freude. Mit ihrem Bauch, der zwar links unterhalb des

Nabels eine kleine Narbe hatte, war sie trotz des keck hervorschauenden kleinen Wohlstandsgürtels wohl auch zufrieden. Ihr etwas zu drall geratener Hintern, wie sie selbst meinte und aus ihrer Sicht von ihrer sitzenden Berufstätigkeit herkommende, störte sie auch ein wenig. Zwar konnte sie ihren Bobes immer sehr gut durch eine gut ausgesuchte Kleiderwahl in Szene setzen, aber bezüglich der mangelnden Muskeln wollte sie etwas an sich arbeiten. Sie sah noch einmal an sich herab, strich mit beiden Händen über ihre steifen Nippel bis hinunter zu ihrer frisch rasierten Muschi wo sie mit ihren Fingerspitzen leicht auf diesem Knopf verharrte der ihr immer sehr viel Freude bereitete. „Schön, auf dich kann man sich verlassen," seufzte sie und nickte zufrieden als ihr ein wohliger Schauer durch Mark und Bein fuhr. „Funktioniert super!" Nach dieser Erfahrung war sie fest dazu entschlossen noch am heutigen Abend „Slim und Fit" zu besuchen um mit dem beinhaltenden Gutschein des Flyers eine Probestunde zu machen.

Katrins Tag zog sich heute irgendwie unnötig in die Länge. Als ob sich heute alle gegen ihr gesundheitsbewusstes Vorhaben verschworen hätten. Katrins Chef kam noch eine halbe Stunde vor ihrem wohlverdienten Feierabend mit einer Akte voll neuer Kunden, welche noch dringendst heute im Firmenverzeichnis abgespeichert werden sollten. „Und das Freitagnachmittags!" wo alle schon meist früher ins Wochenende durchstarteten, „nur der Depp vom Dienst kann wieder nachsitzen!" ärgerte sich Katrin. Als sie endlich den Computer auf ihren akkurat sortierten Schreibtisch herunterfuhr, bemerkte sie das außer ihr Niemand mehr in der Firma anzutreffen war. Zum Glück hatte sie im letzten Jahr von Jochem ihrem Chef einen Schlüssel, sowie eine kleine Gehaltserhöhung bekommen, was ihr immer wieder Auftrieb gab in der von ihr eigentlich gehassten Tretmühle weiterzumachen.

Sie hatte sich damals bei ihrer Einstellung hoffnungslos gerade in Jochen verguckt, wusste aber über die Hoffnungslosigkeit ihrer Avancen. Ihre Kollegen waren ihr zu hochnäsig ihre Kolleginnen zu naiv und dumm, außerdem gab es unter diesen die eine oder anderen welche auch versuchten ihren geliebten Jochen flach zu legen. Katrin schaute auf die Uhr und erschrak, es war schon kurz nach 18 Uhr, jetzt aber raus hier und ab zu ihrer ersten, hoffentlich erfolgreichen Fitness-stunde. In ihrem Auto schaute sie noch einmal schnell in ihre schon zuhause gepackte Sporttasche, ob sie auch nichts vergessen hat. Die enganliegenden pinkfarbenen Leggins, das Top welches ihre beiden Wundertüten richtig geil zur Geltung bringen soll und das große Saunatuch mit der Aufschrift Menorca, alles hatte sie eingepackt. Sie startete den Motor ihres Flitzers, gab in ihrem Navi die Adresse des Studios ein. Sie wunderte sich noch über den abgelegenen Standort des Fitness-Centers, es war eine Region in ihrer Stadt, die sie überhaupt nicht kannte, obwohl sie schon seit über 11 Jahren in diesem beschaulichen Ort wohnte. Als ihr die nette Stimme des Navigationsgerätes die Zielankunft bestätigte, traute sie ihren Augen nicht. Vor dem Gebäude, welches mit einem großen Banner auf die Gesundheitseinrichtung hinwies, standen keine zwei Autos. Man konnte erkennen, dass vor kurzem noch Handwerker an diesem quadratischen Klumpen von Haus noch eifrig gearbeitet haben müssen. Sie erkannte den großen Eingangsbereich, welcher in freundlichen Farben gehalten zum Sprung in eine von Schweiß und Anstrengung geprägte Atmosphäre aufforderte. Katrin schluckte und wagte den Sprung. Am Drehkreuz nach der Tür wurde ihre Euphorie erneut gestoppt. Es war kein Mensch in diesem Studio zu erkennen, was Katrin kurz wieder zur Umkehr anregte. Auf einem Klingelknopf neben der Drehtür wurden die Besucher aufgefordert, bei Nichtbesetzung der Empfangsbar zu klingeln. Zaghaft drückte Katrin auf den Meldeknopf und augenblicklich bekam sie aus dem hinteren Teil der Folterkammer eine Rückmeldung. „Komme gleich!" hörte sie eine außergewöhnliche männliche Stimme rufen und es dauerte keine Minute da war sie da, das für Katrins Ohren erotisch klingende Organ. „Hey, ich bin Micha. Mache hier die Einweisungen und Anleitungen bei „Slim und Fit". Es freut mich dich bei uns begrüßen zu dürfen." Wow, dachte sich Katrin, geiler Käfer mit geilem Body… glaub der darf mich heut gerne Einweisen. „Hallo ich bin Katrin. Ich hab heut Morgen…" „ ..einen Gutschein aus der Zeitung erhalten…"schnitt Micha ihr das Wort ab. „Ich habe heute schon über dreißig neue Kunden eingewiesen. Du bist etwas spät dran für Freitag, hattest viel Arbeit?" Als ob er genau wüsste, wie es mir heut gegangen ist, dachte sich Katrin, „Ja, mein Chef wollte mich heute partout nicht gehen lassen, er liebt mich halt!" grinsten Katrins grüne Augen den attraktiven Sportsmann an. „Ist schon ok, hab extrem viel Zeit im Augenblick. Es ist nur noch die Center-Chefin Alex im Haus. Komm ich zeige dir wo du dich umziehen kannst," winkte er Katrin zu und ging voraus. Als sie das blitzende Drehkreuz passierte konnte unsere angehende Fitnesslady keinen Blick mehr von dem durchtrainierten festen Arsch von Micha lassen, der in einer unsäglich lässigen Art vor ihr her wankte. Durch einen schmalen Gang an getrennten Toiletten vorbei, führte Micha sie zuerst in die Sauna, welche in neuem Glanz zum gemeinsamen Schwitzen einlud. Hoffentlich hab ich heute nach der Einweisung und dem Training noch kurz Zeit einen Saunagang zu machen, dachte sich Katrin und in Gedanken saß sie nicht alleine in der großen Schwitzstube sondern teilte sich einen der Holzbänke mit Micha, der in diesem Traum nicht gar so anständig mehr zu ihr war. Allein der Gedanke ließ ihr Nippel erhärten und ihre Vulva begann schon leicht zu kochen. Die

Duschräume sowie die Umkleidekabinen waren sehr ordentlich und sauber. Micha verabredete sich mit Katrin nachher bei der Sportstheke zum Infogespräch. In ihre Leggins gehüpft und mit noch immer starren Knöpfen unter ihrem Top betrat Katrin die Folterkammer der Gesundheit und machte sich schnurstracks auf den Weg zum Infogespräch. Micha stand mit einer älter wirkenden Frau hinter dem Tresen und unterhielt sich mit dieser gebückt über einem Formular. Ah, das muss diese Alex sein dachte sich Katrin und trat an den Tresen. Die grazil wirkende Frau blickte zu Katrin hoch und begrüßte sie mit einem freundlichen Lächeln. „Ich bin Alex, herzlich willkommen bei „Slim und FIT". Viel Spaß in unseren neuen Räumen. Micha kennst Du ja schon. Er wird sich heut alle Zeit der Welt für dich nehmen und dir alle deine Fragen beantworten. Solltest Du Wünsche und Anregungen haben steht er dir jederzeit zur Verfügung." Verschmitzt grinsten zwei dunkelbraune Augen auf ihre Titten, dann aber ertappt ganz schnell wieder hoch in ihr Gesicht. Aha, dachte sich Katrin, wir werden heute wohl sehr viel Spaß miteinander haben und bekam eine Gänsehaut. „Also komm, ich zeig dir die Geräte, " sagte Micha und wies hinüber zu der Ausdauerabteilung. „Micha, ich mach gleich Feierabend" erinnerte Alex ihren Trainer, „denke bitte daran wenn du zu machst auch die Sauna abzustellen!" Die durchtrainierte Mittdreißigerin mit stark Solarium gebräunter Haut nestelte noch kurz hinter dem Tresen einige Sachen zusammen und verabschiedete sich von den Beiden. „Viel Spaß Katrin und hoffentlich bis bald wieder!" hallte kurz nach dem dem Drehen des Drehkreuzes und dann war sie weg. Cool, dachte sich Katrin, jetzt kanns losgehen. Micha führte Katrin in die Umgangsweise mit den Steppern, Ergometern, der Rudermaschine, welche besonders den extrem muskelbepackten Körperbau von Micha betonte, ein und wies sie darauf hin sich mindesten zehn Minuten vor dem abgestimmten Krafttraining aufzuwärmen. Katrin antwortete artig mit ja und spürte, wie ihr Trainer immer mehr darauf drängte an die Kraftmaschinen zu kommen. Als sie bei dem Butterflygerät ankamen, wusste sie auch wieso. Zunehmens fühlte sie wie dieses äußerst attraktive Geschöpf den Körperkontakt mit ihr suchte. Ihr waren die Berührungen von Micha in keinster Weise unangenehm, nein, sie genoss es wie er mit seinen starken Händen ihr die rechte Haltung und die Trainingsbewegungen angab. Er konnte kaum seine Augen vom prall gefülltem Top mit den frech in den dünnen Stoff drückenden Spitzen ablassen, als Katrin eine erste Einheit mit wenig Gewicht drückte. Und dann passierte was passieren mußte. „Ratsch", unter der rechten Achsel von Katrin riss ihr Top glatt von Oben nach Unten durch und ließ die Sportlerin in ihrer nackten Schönheit glänzen. Ihr rechter Busen lag blank, den linken Hügel konnte sie gerade noch dürftig mit dem restlichen Stoff verhüllen. „Mist" rief Katrin, „tut mir leid, ich hab leider nichts anderes mehr mit..." kam aus ihrem Mund. Sie sah in dem Gesicht ihres Gegenübers ein bübisches Grinsen und als sie den Kopf aus Scham senkte die prall gefüllte enge Sporthose von Micha. Jetzt musste auch sie grinsen, „oh, bei dir ist wohl alles richtig muskulös?" „Klar, ich trainiere auch täglich für einen gesunden Körper, übrigens, wenn du möchtest kannst auch oben ohne weiter trainieren, ich schließ den Laden ab dann sind wir ungestört." „Was hast du denn noch heute vor mit mir, du Schlimmer" grinste Katrin lasziv. „Du bekommst heute die besten Anweisungen, das beste Training das ich je gegeben hab." „Das hört sich toll an!" sagte Katrin und entledigte sich dem letzten Rest des Topfetzens. Sie war furchtbar erregt, was sich in ihren steifen Nippeln widerspiegelte. Als sie sich von der Butterflymaschine erhob, streifte sie nicht unabsichtlich mit ihren prallen Titten die nackten

Arme ihres Trainers in dessen Hose eine große Hantelstange heranwuchs. „Komm wir gehen jetzt zur Hantelbank. Leg dich bitte auf den Rücken darauf und schau mich an." Er stellte sich an ihr Kopfende als sie sich auf der nur von wenig Schaumstoff und Leder überzogenen Bank niederließ. Ihr Blick viel auf den über ihr, nur von einer dünnen Sporthose verhüllten Prachtpimmel, der ihre Gedanken zur Weißglut brachte. Auch er ließ seinen Blick nicht mehr von ihren prachtvollen Brüsten, die wie zwei leckere Melonen, serviert zum Verzehr vor ihm auf einem Tablett warteten. „Katrin, du bist eine tolle Frau. Ich kann mich nicht mehr so recht auf Krafttraining konzentrieren. Am liebsten würde ich hier und gleich an dir knabbern." „Ja, gesunde Ernährung gehört ebenso zum Sport wie das olle Gewichte stemmen. An was hast du denn gedacht, möchtest lieber meine Melonen verschlingen oder meinen Pflaumensaft kosten?" „Oh du machst mich wahnsinnig!" krächzte Micha und im selben Augenblick trat er vor die Bank und streichelte sanft die sich sanft wiegenden Busen seiner Schülerin. Diese genoss wie die trainierten Finger sanft kreisend über den Vorhof ihrer Warzen wanderten und zart ihre Nippel in leicht kneifender und reibender Art massierten. „Eine gute Massage gehört eben auch zu einem perfekten Training" schmunzelte Katrin, „komm lass uns unser Zungen auch an einem Training teilhaben. Küss mich!" Micha kniete sich zwischen ihre gespreizten Beine und legte sich leicht auf ihren Busen. Ihre Lippen trafen sich und augenblicklich begannen ihre Zungen mit einem wilden Kräftemessen. Ein wildes Schmatzen und Stöhnen durchflutete die Trainingshalle. Micha hatte Mühe sich gleichzeitig mit seinen großen Händen Katrins Titten zu durchkneten und sich auf das heftige Zungenspektakel zu konzentrieren, deshalb ließ ihn seine Schülerin aus weiser Vorahnung das Lippenintermezzo gewinnen. „Los, zeig mir mal deine Hantel" forderte sie ihren

Lehrer auf, welcher sogleich gekonnt sich mit einer Hand seiner Turnhose entledigte. Ein mit starken Adern gemusterter Adonisstab, prall gefüllt mit pulsierendem Blut kam zum Vorschein. Ihre Rückenlehne aufrecht stellend, betrachtete Katrin dieses Prachtstück von Schwanz. Nicht zu lang, die richtige Dicke oh mein Gott dich nehm ich mir. Sie forderte ihren Lehrer auf sich mit gespreizten Beinen ganz nahe an ihren Oberkörper zu stellen, damit sie sich mit dem Krafttraining seines Pimmels beschäftigen könnte. Katrin genoss seinen Geruch, saugte seinen süßlichen Schweißgeschmack mit ihren Lippen auf und wanderte mit ihrer Zungenspitze über seinen strammen extrem flachen Bauch strikt auf sein Lustzentrum zu. Der rasierte Schwanzansatz ließ sie vorerst Einhalt gebieten. Sie umfasste seinen dicken Schwanz mit der rechten Hand und inspizierte diesen mit kindlicher Neugier. „Du hast einen schönen Pillermann", schmunzelte Katrin „ soll ich ihn mal richtig schön blasen?" „Mach schon du kleines Luder, ich halt es fast nicht mehr aus!!" Mit großen Augen beobachtete Micha wie sein Luststab sanft von Katrins Mund umgarnt wurde, wie ihre Zunge seinen strahlenden Glans schmatzend abtastete und er spürte auch wie der eine oder andere Tropfen seiner Erregung von ihrem Geschmacksorgan abgeleckt wurde. Voller Extase packte er Katrin mit beiden Händen am Kopf und drückte seinen fetten Schwanz tief in ihren Mund. Katrin schwanden die Sinne als sie sein mächtiges Gerät in ihrem Rachen spürte und dieses einen leichten Brechreiz bei ihr auslöste. Sogleich glitt der mächtige Hammer aus ihrer Mundhöhle und Katrin jappste tief nach Luft. Hin und her glitt der geile Kolben zwischen ihren Lippen und schon einige Augenblicke später spürte sie ein heftiges Zucken seines Schanzes. Ein lustvoller Schrei stieß aus dem Mund von Micha und sogleich schoss sein schleimiger Lebenssaft in mehreren Schwallen in Katrins Mundhöhle. Völlig losgelöst riss sie sein Gemächt aus ihrem Mund und eine weitere Ladung Sperma ergoss sich über ihr Kinn und tropfte auf ihren dicken Titten. Mit großen Augen blickte sie in das voll Endzücken glänzende Antlitz von Micha, welcher fast losgelöst von der Erde seinen Blick von ihr abwand. „Na jetzt geht's dir gut, aber ich sitze hier noch voller Saft auf dieser Scheiß Bank. Kannst noch mal oder muss ich es mir jetzt selbst besorgen?" „Lass mir noch zwei Minuten Zeit zum Verschnaufen, dann fick ich dich zum Höhepunkt" erwiderte Micha und gab Katrin einen dicken Kuss auf ihr von Wichse verschmiertes Gesicht. „Mich friert es grad vor Erregung, komm lass uns in der Sauna weitermachen." Er nahm ihre Hand und zog sie von der harten Bank hoch. Katrin spürte wie er sich ganz dicht hinter sie platzierte und genoss wie sein geleerter Schwanz knapp über ihrem Po in ihre Haut drückte. Er umfasste ihren Körper und versuchte mit seinen Händen ihre Busen zu fassen. In dieser Position schob er sie zärtlich vor sich her, bis sie endlich in der einladenden Sauna ankamen. Die schiebende Bewegung und der Körperkontakt mit den heißen Titten von Katrin brachte Michas Kolben ganz langsam wieder unter Spannung. Katrin löste sich aus seiner Umgarnung und platzierte sich breitbeinig auf der höchstgelegenen Bank in der warmen Sauna. Der tiefe Einblick in ihre Lusthöhle ließ Micha vor Verlangen aufseufzen. Langsam bewegte er seinen Kopf in Richtung des Lustzentrums. Seine Hände versuchten erneut Halt auf Katrins Möpsen zu ergattern wobei sich sein Mund langsam an den saftigen Schamlippen festsaugte. Katrin wusste nicht ob die Hitze der Sauna oder die heißen Küsse von Micha auf ihrer Muschi ihr den Schweiß austrieb. Sie legte ihren Oberkörper langsam nach hinten und konzentrierte sich auf Michas pulsierende Zunge welche mit großer Ausdauer ihren Kitzler bearbeitete. Ihre Muschisäfte flossen in kleinen Rinnsalen auf Michas Zunge, welcher schmatzend und schlürfend diesen Lebenssaft in sich aufnahm. Auch in seiner Lendengegend rührte sich wieder jemand, mit frischer Lebensenergie durchströmt. „Komm mein Starker, fick mich, los fick mich...Halloooo, ich warte." Erstaunt über diese Aufforderung nahm der Trainer seine Fick-Hantel in die Hand und wichste sie provozierend. „Willst du wirklich von mir durchgevögelt werden? Wenn ja, dann dreh dich rum meine kleine Trainingsbiene!" Katrin stieg eine Stufe von der Bank auf die unter ihr gelegene Liegefläche und kniete sich mit ihren Knien darauf, stolz ihren geilen Arsch ihrem Trainer entgegenstreckend. „So, mein geiler Hengst was nun?" „Zeig mir dein Arschloch und spreiz deine Backen!" Katrin befolgte willig seine Aufforderung und ließ seinen scharfen Blick auf ihrem feuchten Anus zergehen. Micha befeuchtet die Finger seiner rechten Hand und fühlte den Wasserstand in Katrins Möse. Mit leichten Bewegungen weitete er ihre Muschi und setzte seine pulsierende Eichel an ihrer Votze an. Ganz langsam glitt sein harter Schwanz in Katrins Höhle, welche sich immer mehr mit Feuchtigkeit füllte. Erst als er vollkommen in ihrer Grotte eingedrungen war, begann sein heißer Ritt in ihrer Muschi. Die anfangs sehr langsame Bewegung steigerte sich zunehmend in ein brutal schnelles Gestoße. Katrin stöhne vor Erregung. Immer wieder forderte sie ihren heißen Reiter auf tiefer und fester zu stossen. Und dieser gehorchte aufs Wort. Urplötzlich, kurz vor Katrins Explosion stockte der Kolbenhub und Micha zog seinen von Katrins Säften glänzenden Schwanz aus ihrer Grotte heraus und wartete. „Mach weiter du Unhold, merkst du nicht, dass ich gleich komme!!! Mach weiter..." Plötzlich spürte sie wie seine Schwanzspitze auf ihrem Arschloch in Stellung kam. „Nein, nicht...ich hab noch... oh... ja... komm stoß zu du Schwein!" Und Micha begann in langsamen Stossbewegungen ihren Anus Zentimeter für Zentimeter auszufüllen. Den Schmerz den Katrin in diesem geilen Augenblick spürte, war nur ein ganz geringes Gefühl, dass dem Lustempfinden dieses Arschficks entgegenstand. Vorsichtig und behutsam ließ Micha ihren Arsch auf seinem Penis hin und hergleiten. Katrin schwamm auf einer Welle der Lust und des Hochempfindens und ihr Lehrmeister bescherte ihr zwei haarsträubende Orgasmen nacheinander. Auch Micha setzte zum Endspurt an und er schoss seine erneute Saftladung tief ins innerste Katrins Arsches. Erschöpft genossen die beiden die Wonnen der Erregung welche sie in einer gemeinsamen Dusche zusammen teilten. „Das war ein toller erster Trainingstag und wenn alle weiteren auch so sind, so sollst Du auch weiterhin mein einziger Trainer sein" grinste Katrin ihren Micha an, der voller Stolz Katrin ihrer Tasche noch bis zum Auto trug und sich mit einem innigen Kuss von ihr verabschiedete.

Geschichte 4

Katrin, die Leinen sind los!!

„Los, los, mach schon! Je früher wir dort sind, desto weniger sind Touris vor Ort!" Katrin war unheimlich aufgeregt als sie mit ihrer frisch gepacktem SUP-Board Tasche vor Maiks großem Auto stand.

„Ich will jetzt endlich los, du alte Trödelliese!" schrie sie in Maiks Richtung.

„Gemach, Gemach...ein alter Mann ist kein D-Zug!" Voll bepackt mit dem gut befüllten Fresskorb und seinem eigenen SUP-Gepäck trottete Maik gemächlich in die Richtung seines Fahrzeuges, „wir kommen schon noch rechtzeitig zum Paddeln!" Maik betätigte einen Knopf an seinem Autoschlüssel und die Heckklappe öffnete sich wie von Geisterhand. Mit einem „Hau-Ruck" wuchtete er seine schwere Last in sein Gefährt.

„Hier! Meine Tasche muss auch noch mit!" krächzte ihm Katrin entgegen.

„Jajaja, jetzt dreh mal nicht durch! Ohne dich geht es ja gar nicht!" Katrins Bag war erheblich leichter als Maiks Equipment, aber Maik brachte auch drei Mal mehr Gewicht auf die Waage als Katrin, da braucht man auch ein größeres Board.

Erst im April hatten die Beiden einen Kurs im Stand Up Paddling am Chiemsee belegt und beide waren sofort hellauf begeistert von diesem entspannenden, aber auch anstrengenden und Fitness steigernden Sport. Sie waren so angetan, dass die Entscheidung sich ein eigenes Board zuzulegen, als nächster Schritt folgte. Nach ein paar selbständigen Paddelversuchen auf dem naheliegenden See, ein einem Tümpel gleichenden Gewässer, welcher weder von Booten noch von anderen Wassersportlern befahren wurde, beschlossen die Beiden zur nächsten Gelegenheit ans Meer zu fahren um ihrem Hobby nachzugehen.

Gestern waren sie bei ihren Freunden in Kroatien angekommen und heute sollte die erste große Paddling-Ausfahrt starten. Das Wetter scheint super schön zu werden, dachte sich Katrin als sie einen letzten Blick gen Himmel warf bevor ihre Autotüre in Schloss knackte, „ich freu mich wie ein kleines Kind" schluchzte sie in Richtung Maik, welcher kurz lächelnd den Motor seines Diesels startete und ihren Weg Richtung Strand startete. Er wusste was noch an diesem Tag auf ihn zukommen sollte: Erneut ausladen, auspacken, Boards von Hand aufpumpen, Paddel richten, Fressalien auf dem Board verzurren und dann konnte es erst losgehen. Er musste bei diesem Gedanken bereits schon schwitzen, aber seine Hoffnungen lagen in dieser kleinen menschenleeren Bucht, wo er mit seiner Liebsten hin paddeln wollte, um mit ihr ein paar frivole Stunden zu verbringen. Waren es die Gedanken an die schweißtreibende Arbeit, welche ihn erwartete oder doch das Zucken in seiner Badehose, welches ihm die Schweißperlen auf die Stirn trieb? Egal, es wird sicher ein unheimlich schönes Erlebnis werden, er mit seiner Katrin ganz alleine...

Auf dem nahegelegenen Campingplatz sollte die Ausfahrt mit den luftgefüllten Boards starten und Katrin half tatkräftig beim Füllen der Boards mit. Sie hatte ihren engen Bikini bereits schon in der Ferienwohnung bei Ralf und Iris angezogen und ihr wunderschöner Busen drohte bei jeder Pumpbewegung die sie machte aus der Verpackung zu springen. Maik lief das Wasser im Munde zusammen und seine Badehose begann erneut verdächtig zu zucken.

„Blasen kannst du ziemlich gut, sorry, ich meinte natürlich aufblasen..." verschmitzt lächelte er mit diesen Worten Katrin zu und sie erwiderte sein süffisantes Lächeln, „ich dachte das weißt du doch schon lange, du Lustmolch!" warf sie ihm grinsend zurück was sein Badehosengezucke aber nicht verringerte. Nach getaner Arbeit kam der für Maik schönere Teil des Tages: Man musste sich ja auch ausreichend vor der Sonne schützen und auf dem Wasser ist die UV-Strahlung noch stärker als an Land…eincremen! Aber dieser Schuss ging dieses Mal auch wieder nach hinten los, denn Katrin hatte bereits ihren wunderschönen Körper vor der Abfahrt schon eingecremt. Aber sie sah sein enttäuschtes Gesicht und bot Maik an ihm beim Eincremen zu helfen…und sie machte das gut. Ab und zu strichen ihre Hände, als ob es total unabsichtlich wäre, über die Beule, welche sich unter Maiks Badehose abzeichnete. Er explodierte fast unter diesen Eincrem-Berührungen, riss sich aber in seinen Gedanken förmlich am Riemen! Er bedankte sich bei Katrin mit einer innigen Umarmung und einem langen Kuss.

Es dauerte fast eine halbe Stunde bis die beiden endlich auf ihren gepackten Boards im leicht welligen Meer zum Paddeln kamen. Es war ein wunderbar angenehmer Duft von salzigem Wasser mit einer leichten Note Fisch und die Sonne wärmte ihre anmutigen Körper mit ihren goldenen Strahlen, als sie stehend auf ihren SUPs an der ersten von Steinen überzogene Bucht vorbeiglitten. Es war ein atemberaubendes Gefühl, ein Gefühl wie schwerelos Gleiten und hoch-erhaben über das nasse Element schweben, bis das erste größere Motorboot an den beiden vorbei bretterte. „Mist, der wirft ziemlich hohe Wellen auf!" schrie Maik und schon platschte eine Wasserwucht an Katrins Board. Platsch, schon schwamm sie neben ihrem Board. Gesichert durch eine Leasch konnte sie ihr Board sehr schnell wieder besteigen und leise fluchend setzte sie ihren Weg fort. „So ein Arsch, der fährt viel zu nah an der Küste! Der gehört sofort aus dem Verkehr gezogen!" Katrin war sichtlich sauer und Maik gab ihr nickend Recht. „Reg dich nicht auf", erwiderte er, „wir sind halt nun Mal nicht mehr am Schweinchenteich, sondern auf dem Meer! Aber der war wirklich viel zu nah in Küstennähe, was der wohl hier so nah am Strand sucht?"

„Das ist mir Scheißegal, wenn mir der mal zwischen die Finger kommt, dann ist was los!" Katrin zog sich ihr sexy Bikinioberteil zurecht und schüttelte noch einmal ihr in der Sonne glänzendes Haar. Als die Beiden ihren Weg fortsetzten, bemerkten sie, wie zwei Delfine in weiter Entfernung ihre Paddel-Tour begleiteten. Es war wunderschön zu sehen, wie diese beiden Säugetiere auf und ab tauchend ihrem Weg folgten. Aber nicht nur die Delfine, nein auch eine riesen Schar von kleineren Fischen folgten ihren Boards, das klare von der Sonne angewärmte Wasser lies atemberaubende Blicke auf diese wunderschöne Unterwasserwelt zu. Es war wie in einem Traum wobei Katrin und Maik bewusst bemerkten, wie dieses Spektakel der Sinne auch ihre Gefühlswelt stimulierte.

„Lass uns eine kurze Pause machen und dort drüben an diese kleine Einbuchtung paddeln, ich habe ganz trockene Lippen vor Durst!" rief Katrin irgendwann zu Maiks Board hinüber,

„Ok, sei aber beim Absteigen sehr vorsichtig, die Steine unter Wasser können ziemlich scharfkantig sein!" warnte Maik seine hübsche SUP Prinzessin,

„Klar, ich pass auf!" zischte es aus Katrins Mund als sie just in diesem Augenblick mit einem Hopser im Meer eintauchte. Es war eine windstille und kleine Bucht, welche durch ihre hellen flachen Steinplatten die Beiden zum Rasten verführte. Die Boards hatten die Beiden sogleich an aus dem Wasser ragenden Pfosten befestigt und die Kühltasche mit den Fressalien war sicher von Maik auf die Steinplatte befördert worden. Katrin nahm das gekühlte Sprudelwasser und begann in kleinen Schlucken zu trinken. Das erfrischende Getränk lief ihr mit kleinen Tropfen aus dem Mund über ihren Hals und mündete zwischen ihren wohlgeformten Titten.

„Du sollst nicht alles verschwenden" mahnte Maik und grinste, „sonst muss ich noch aus deinem Busengraben trinken!" Katrin streckte ihm die Wasserflasche entgegen und lächelte, „es ist noch ausreichend Wasser da, vielleicht beim nächsten Stopp, mein scharfer Freund!" und mit einem ganz bestimmten Zwinkern entfachte sie Maiks Hoffnungen auf ein Weiteres. Er nahm ebenfalls einen großen Schluck aus der Wasserflasche und spuckte den letzten Tropfen aus seinem Mund auf seine ausgebeulte Badeshort. Mit einem schnellen Ruck zog er das Stoffteil herunter und gewährte Katrin einen Blick auf sein angedicktes Hautpaddel.

„Schau mal, ich habe auch eine Quelle hier unten, vielleicht möchtest du dann ja auch heute davon trinken?" Er lachte laut und lies sein Fleischschwert wieder hinter seiner Badehose verschwinden…

„Oh, deine Quelle war aber schon sehr trocken, ob ich da heut noch was abbekomme?" Katrin schmunzelte und es schien, als ob Maiks Badehose noch enger wurde.

Als sie ihren Weg fortsetzten waren die Delfine verschwunden, nur kleine bunte Fischschwärme begleiteten die Beiden auf ihrem Weg. Nach weiteren vierzig Minuten des aufrechtstehenden Paddelns machte Katrin eine Entdeckung.

„Maik, Maik, schau mal dort drüben" und sie deutete auf eine kleine grüne Stelle am Ufer, welche einladend zum nächsten Halt erschien.

„Komm, dort drüben können wir uns eine Weile ausruhen und uns sonnen!" und mit schnellen Paddelschlägen steuerte sie diese idyllische Plätzchen Ufer an. Maik folgte ihren Anweisungen und steuerte sein Board ebenfalls in diese Richtung. Der Platz war fantastisch! Es waren diese vielen kleinen Steine, gemischt mit feinem Sand, der die Beiden einlud, um ihre Rast genau dort abzuhalten. Und außerdem, es war kein Mensch da, Maiks Gedanken spielten sofort verrückt und er paddelte schneller. Katrin lenkte ihr Gefährt geschickt auf das Landstück zu, zog es an Land und öffnete mit einer Hand ihr Bikinioberteil, welches sofort den anregenden Blick auf ihre zwei noch milchfarbigen Brüste für Maik freigab. Noch bevor er überhaupt das Ufer erreichte, ließ er sich voller Freude ins Wasser fallen und schob sein Board den Rest des Weges schwimmend an Land.

„Endlich!" dachte sich Maik, „hier sind wir vollkommen ungestört! Jetzt wird endlich mal wieder gefickt!" Katrin schwamm ihm entgegen und bespritzte den angeschärften Maik mit dem salzigen Wasser.

„Ich schwimme noch eine kleine Runde, dann lass uns gleich noch die angenehmen Sonnenstrahlen genießen! Ich bin unheimlich glücklich mein Süßer!" „Ich mach auch noch kurz mein Board fest dann werde ich dich sofort einmal erst untertauchen müssen, du kleines Miststück!" Mit hastigen Schritten brachte er sein schweres Board an Land, befestigte es. Maik entledigte sich seiner nassen Badebuxe und sprang mit einer zarten Erektion hinter seiner Liebsten ins Wasser. Mit schnellen Schlägen kraulte er Katrin hinterher und erreichte sie endlich im halshohen warmen Meerwasser. Er konnte noch einigermaßen stehen und erhaschte seine heiße Braut an ihren heißen Hüften.

„Jetzt hab ich dich, heute musst du dran glauben...ich will dich heute mal so richtig..." Katrin fällt ihm sofort ins Wort:

„Du kleiner großer geiler Bock, heute bekommst du was du möchtest, du hast mir dieses so tolle Erlebnis, diesen tollen Tag geschenkt. Du hast hart gearbeitet, meine Launen ertragen, du darfst heute mit mir machen was du willst." Insgeheim wusste

Katrin, wenn sie etwas wollte wie sie es machen musste bei Maik…schließlich hatte sie ja auch ihre heißen und durchaus dreckigen Fantasien. Wie sie ihre weiblichen Attribute ausschöpfen konnte, war ihr sehr wohl bewusst. Heute sollte aber Maik seinen Wünschen nachgehen dürfen…soweit sie es eben zuließ. Sie grinste ihn mit ihrem verführerischsten Lächeln an.

Katrin spürte wie Maik sie nah an sich heranzog. Sie konnte seinen zum dicken Prügel herangewachsenen Lustspender ganz warm an ihrem Oberschenkel fühlen.

„Oh, da ist aber jemand sehr gut durchblutet!" spottete Katrin und als seine großen Hände sich von hinten um ihre Titten schmiegten, spürte sie dieses warme dicke Etwas auch schon zugleich zwischen ihren Schenkeln.

„Hat sich der Torero etwa schon für den entscheidenden Stoß vorbereitet?" lachte sie ihrem Liebsten entgegen.

„Der Säbel ist zwar schon gewetzt, aber der entscheidende Stoß verpasse ich dir sicher nicht im Wasser, schließlich will ich ja sehen wie mein Opfer sich seinem Leiden ergibt…"

„Oh du starker Mann, lass mich bitte nicht leiden…ich gehöre doch nur dir!" Katrin spielte dieses Schauspiel mit einer gewissen Lust weiter. Seine starken Arme drehten ihren sportlichen Körper und Katrin konnte sogleich bequem ihre Beine um Maiks athletischen Hüften legen. Jetzt zog sie seinen Körper mit einem schnellen Ruck zu sich heran. Sein schweres Glied lag hart auf ihrer Scham und es erschien ihr, als ob diese Fleischeslust auch sogleich ihre Schamlippen durch-stoßen wolle.

„Warum nur tut er es denn nicht?" fragte sie sich und mit ihrer rechten Hand suchte sie unter Wasser nach dem Pfeil, der sein Ziel wohl nicht treffen wollte. Aber Maik drehte sich immer sehr geschickt aus ihren Fängen heraus und Katrin bemerkte erst nicht, dass er ihre beiden Körper immer näher an das Ufer brachte.

Ihre Münder waren fest aufeinandergepresst und ihre Zungen tanzten einen heißen Tanz, welcher die Säfte in Katrins Unterleib zum strömen brachte. Maik hatte die um seine Hüfte geschlungene Katrin sicher an das weiche Ufer bringen können und ihren nassen Leib im warmen Sand abgelegt. Sie lag mit gespreizten angewinkelten Beinen vor ihm und er betrachtet sie erhaben von Oben herab.

„Warum hast du dein Höschen denn nicht ausgezogen, da hätte ich dich schon im Wasser gleich durchficken können!" Er grinste hämisch und sie bemerkte, dass sie ja tatsächlich noch ihr Bikiniunterteil anhatte.

„Als ob dich das jemals gestört hätte, du harter Kerl! Jetzt mach nicht so blöd, besorg es mir endlich! Ich will deinen dicken Schwanz hart in mir haben…!" Maik kniete sich vor die Erwartende und zog mit geschickten Fingern die Schlaufen des Bikinihöschen auf. Sanft glitt das kleine Stoffteil von Katrins Hüften und gab einen Anblick der Wollust für Maik frei. Ihre frisch rasierte Möse lag feucht und glitzernd vor seinen Augen. Katrins geiler Anblick ließ seinen Schwanz noch heftiger zucken und voller Verlangen streckte sein Wolllustspender sein Köpfchen in die Höhe. Maik grinste frech, drehte sich um und kniete sich um Katrins Kopf herum. Sie erschrak kurz, als Maiks dicker Sack vor ihren Augen auftauchte, fasste sich und den fetten Prügel aber ganz schnell und zog ihn zu sich herab. Maik verschwand mit seinem Kopf zwischen ihren Beinen und ließ seine zitternde Zunge an ihren noch geschlossenen Schamlippen auf und ab flitzen. Der feine Salzgeschmack vermischt mit Schweiß hielt die Beiden nicht davon ab ihr geiles Spiel zu stoppen, im Gegenteil, beide Leiber zuckten vor Wollust als sie sich gegenseitig mit ihren Münder verwöhnten. Maiks Zunge tanzte wie ein wilder Wasserfloh um

Katrins Lustknopf herum und immer wieder drang er mit ihr tief in ihr feuchtes Höhlenloch ein, um ihre heißen Säfte zu kosten. Sein Schwanz befand sich in besten Händen und auch Katrins Lippen umspielten den Schaft seines Speers mit geiler Hingabe und Zärtlichkeit. Als Katrin einen süßlichen Lusttropfen auf ihrer Zunge schmeckte, wurden die beiden aus ihrem wilden Treiben herausgerissen.

„Dobar dan! Sorry, aber das hier ist Privatbesitz!" aus ihren Augenwinkeln konnte Katrin einen braungebrannten großen Mann erkennen, welcher sich hinter ihnen aufstellte. Maik schoss zwischen Katrins Schenkeln empor und stolperte beim Versuch schnell wieder auf die Beine zu kommen. Plums, da saß er, mit einem steifen Prügel, der zwischen seinen Beinen hervorragte und es schien als ob sich sein Fleischspieß überhaupt nicht über diese Störung freute. Katrin bedeckte ihre auseinanderklaffende Scham mit ihren Händen und starrte mit erschrockenem Blick den fremden Mann an. Er war zudem auch nicht allein, erst jetzt sah sie weitere zwei sonnengebräunte junge Männer, welche hinter dem Rücken des sprechenden Manns hervortraten.

„Wir wollten euch jetzt aber echt nicht stören, macht es euch etwas aus, wenn wir etwas zuschauen. Euer geiles Treiben macht uns ziemlich an…!" und seine rechte Hand verschwand für alle sichtbar in seinen Shorts, welche extrem ausgebeult war. Seine zwei Kumpels grinsten ebenfalls und nickten den verdutzen Liebenden zu. Auch zwischen deren Beinen war eine gewisse Bewegung zu erkennen.

Maik war das ziemlich egal, nur ob seine Katrin da mitspielen wollte, konnte er nicht richtig einschätzen. Er blickte zu ihr hinüber und sah ihren Blick, ein Blick der nachdenklich, aber auch neugierig erschien. Sie suchte ebenfalls seine Augen und blinzelte ihm zu.

„Ihr wollt eine Show?" erwiderte sie frech „was meinst du Maik, wollen wir den Herrschaften ein Spektakel bieten oder nicht?" Maik stockte, das hätte er nicht erwartet, aber sein Schwanz stand immer noch prall und fest. Nach diesen Worten umfasste er sein dickes Teil und begann mit den Worten „Na dann mal los, anfassen und wichsen dürft ihr, aber ficken ist nicht!" langsam und genüsslich an zu wichsend und wandte sich erneut Katrin zu. Er blinzelte ihr zu und sie grinste lächelnd zurück. Provokativ öffnete Katrin ihre wohlgeformten Schenkel und gab den Blick auf die Hauptakteurin frei. Die drei Männer entledigten sich ihrer Buxen in Windeseile und auch deren Ruten tanzten wichsend im Wind. Es waren hübsche Männer, ging es Katrin durch den Kopf, und gut gebaut zudem auch noch...das Schmiermittel ihrer kleinen Freundin lief triefend in ihr zusammen. Maik kniete bereits vor ihr und auch sein Lustspeer war bereit für dieses Abenteuer.

„Los fick mich jetzt, du geiler Sack! Habe jetzt lang genug gewartet! Und ihr drei Hurensöhne wichst schön, ich will euch zu sehen!" Maik war erstaunt über diese vulgären Ausdrücke, so kannte er seine Liebste ja gar nicht...Er setzte seine Nille an ihrer Lustgrotte an und mit einem heftigen Stoß drang er in ihrer Votze ein. Es war feucht und flutschig ohne Ende. Sein Speer glitt wie geschmiert in ihren Körper hinein und er penetrierte ihr Lustloch in einer angenehmen Geschwindigkeit. Katrins Augen beobachteten die drei wichsenden Männer und genoss dieses vibrierende Gefühl, welches sich in ihrem Unterleib eingestellt hatte.

„Na ihr geilen Böcke, will mich mal einer von euch drein so richtig schön lecken, meine Muschi schmeckt heute schön nach Salz und dem Schwanz von meinem besten Stecher? Los, nicht so schüchtern!" Maik wunderte sich immer mehr und zog seinen glitschigen steifen Prügel aus Katrins Votze. Ein schmatzendes Geräusch begleitete diesen Vorgang und sogleich deutet Katrin auf den älteren der Dreien. „Du mit dem roten Shirt, du siehst aus als ob du gut meine Muschi lecken könntest! Leg dich hin, ich möchte mich auf deinem Gesicht ausbreiten!" Ohne Widerrede fand der athletische Körper des Mannes seinen Platz im Sand. Seinen schwer erigierten Schwanz bearbeitend, blickte er zu Katrin und streckte seine Zunge heraus.

„Das machst du super, wenn ich mich gleich auf dein Gesicht setze wird mir mein Liebhaber schön von hinten die Arschvotze bearbeiten. Hast du das verstanden?" Der Mann nickte und Katrin nickte Maik zu. Oh Mann, wie geil ist das denn, dachte sich Maik, heute geht mein Schatz aber voll aus sich heraus. Katrin ließ ihren Unterleib langsam auf das Gesicht des Rotshirts gleiten und spürte sogleich auch die flinke Zunge des Fremden. Sie stöhnte laut, als sie spürte wie sich Maik mit seinem Lustspeer zum Arschfick vorbereitet. Der fremde vor sich her wichsende und flink züngelnde Mann unter ihr machte seine Sache perfekt, aber jetzt soll Maik meinen Arsch verwöhnen. Sie beugte sich nach vorne und streckte ihren Unterleib in die Höhe. Ihr Mund bekam die pralle Nille des Liegenden zu fassen und sie begann unter lautem Gestöhne des Fremden mit einem wahren Blaskonzert. Maik hatte leichte Probleme beim Durchstechen ihrer engen Arschvotze. Er spürte leichtes Zucken, welches von Katrins Muskulatur ausging. Er war äußerst vorsichtig und mit sehr viel Maulschmiere gelang es ihm, seinen Analspeer hin und her zu bewegen. Katrin krümmte sich vor Wollust und ihr Liegegebläse begann unter ihrem Zungenspiel verdächtig zu zucken.

„Oooorghhhh, aaaaahhh, grrrrr…" lautes Geschrei begleitet das schmierige Abspritzen des Fremden unter ihr. Gerade rechtzeitig konnte sie ihren Mund vom Schaft des Erlösten entfernen und schon entlud sich das dicke Sperma in zuckenden Stößen auf dem Bauch des Herrn. Maik fickte unterdessen ohne Unterlass den gedehnten Arsch seiner geil gewordenen Freundin durch. Er war so fasziniert von dem Schauspiel, dass sich seine Geilheit mehr und mehr steigerte. So hatte er seine Liebste noch nie gesehen. Auch in Katrin schwoll die Wollust und Geilheit. Anal war eigentlich nicht so ihr Ding, aber in Kombination mit dieser Spielerei konnte sie sich irgendwie viel besser fallen lassen, aber jetzt reichte es ihr. Mit einer Hand leitet sie ihren heißen Stecher aus ihrem Arschloch heraus und wies ihn an er solle sie wieder anständig hart und ausdauernd vaginal befriedigen. Maik spurtet zum Wasser und reinigte seinen harten Kolben im warmen Salzwasser, um ihn erneut tief in Katrins Votze herumtoben zu lassen.

Der Untenliegende erholte sich sehr langsam von seinem Erguss und Katrin hatte bereits seine Schmierladung genüsslich auf seinem gebräunten Oberkörper verteilt. Der Mann lächelte und kroch unter Katrin hervor.

„Auf Maik, jetzt legst du dich hin...ich reite dich heut ins Nirvana!" lächelte Katrin. Maik nahm den Platz des Fremden ein und richtet seine Finne für den feuchten Ritt. Sogleich nahm sie Platz, das geile Naturwunder unter den Frauen. Ihre heiße Möse glitt langsam auf dem steifen Schwanz auf und ab und die schmatzenden Geräusche dieser Aktion mischten sich mit dem klatschenden Wichsen der beiden verbliebenden Fremdficker. Diese standen mittlerweile rechts und links von Katrin und ihr steifen Prügel streiften fast Katrins Gesicht.

„Ach ihr Wichser seid ja auch noch da..." und mit einer schnellen Bewegung erfasste sie die beiden Prachtstücke und verfrachtete diese in ihrer geilen Maulvotze. Ihr Mund war prall gefüllt mit Manneskraft und ihre Zunge leistete Höchstleistung in ihrem Arbeitsbereich. Katrins Hände wichsten langsam die harten Schäfte ihrer Spielkameraden und ihr Mund verwöhnte ihre Nillen mit feuchter Aufmerksamkeit.

„Meine Votze fickt den dicken Stängel meines Freundes, mein Mund beglückt zwei gutgewachsen junge Fremde, ein Schwanz ist bereits entleert...heute will ich in Sperma baden!" dachte sich Katrin bei ihrem Treiben. In diesem Augenblick hört sie wie einer der zwei Jünglinge lauter zu stöhnen beginnt und wie sein Schwanz merklich zu zucken beginnt. Auch beim zweiten braungebrannten Fremden macht sich der bevorstehende Auswurf bemerkbar.

„Untersteht euch und spritz mir ja nicht in den Mund!" warnt sie ihre Maulficker, „ihr sollt mir ins Gesicht und auf die Titten spritzen, verstanden!" Sie spuckte die Beiden zuckenden Schwänze aus ihrem Mund und stieg von Maiks Schwanz herunter, welcher erneut verdutzt mit einem dicken und prallen Prügel auf einmal neben ihr lag. Die zwei stehenden Jungs knieten sich sofort neben Katrin nieder und ließen ihrem Treiben heftig wichsend den Lauf. Und da war es passiert, eine Ladung herb duftendem weißen Sperma landete untermalt mit einem spitzen Schrei direkt auf ihrer Wange und der zweite Schuss lief ihr zäh tropfend von der Nasenspitze. Der zweite junge Herr schoss seine Spermaladung unter einem lauten Stöhnausbruch direkt auf Katrins Brust und verschmierte es mit seiner Pimmelspitze schön und grinsend auf ihren Brustwarzen. Langsam ließen sich die beiden Fremden erschöpft ebenfalls auf dem feinen warmen Sand an diesem Privatstrand nieder und schauten erwartungsvoll zu Maik hinüber.

„Och mein Schatz, dir gehört heute der krönende Schluss. Steh auf und komm zu mir!" Maik erhob sich und stellte sich mit wogendem bleihartem Schwanz vor seine Katrin. Ihr Mund nahm seinen Prinzen in sich auf und mit einer Zungenfertigkeit, welche für manchen der Männer nicht von dieser Welt schien, erlöste sie ihren Liebsten von seinem anstauten Druck.

„Du darfst in meinem Mund kommen!" hatte sie ihm vorher zugeflüstert und Maik kam diesem Wunsch mit einem tiefen

Seufzer nach. Sein Schwanz entlud sich in heißen Schwallen in ihrem Mund und mit einem grinsenden Gesicht zeigte Katrin ihrem Liebsten, was in diesem gelandet war bevor sie es schmatzend schluckte.

„Das war extremst geil!" grinste sie in die Männerrunde, welche sich teilweise bereits langsam wieder berappelt hatte, „vielen Dank dafür!"

„Nein, wir haben zu danken! Aber du hast uns ganz schön zappeln lassen…"erwiderte der ältere der Dreien. Anschließend stellten sich die drei kurz dem Pärchen vor und alle sprachen noch eine Einladung zum Cocktail aus, welcher abends am Campingplatz eingenommen werden sollte. Die Drei hatten es eilig, denn eine Gruppe von Surfern mussten noch mit dem Boot zu einem anderen Platz gebracht werden, wo bessere Winde herrschten. Katrin und Maik blickten den Herren nach als sie auf der Anhöhe der Insel verschwanden und lauschten wie auf der anderen Seite ein Motorboot seine Fahrt fortsetzte.

„Du geiles Stück!" raunzte Maik Katrin zu als die beiden wieder ihre Boards bestiegen und diese brachte ihr anscheinend festgefrorenes Grinsen den ganzen Abend nicht mehr aus ihrem Gesicht!

Geschichte 5

Die etwas andere Schlossbesichtigung

Es war kurz nach acht, als Andrea sich aus ihrem kuscheligen Bett heraus quälte, um ihren ersten Urlaubstag zu starten. Hastig eilte sie in ihr neu gestrichenes Bad, um ihren durchtrainierten Körper auf Hochglanz zu bringen. Nach der ausgedehnten Dusche betrachtete sich die hübsche Frau im Spiegel und warf ihrem Ebenbild einen Handkuss zu. Lächelnd strich sie über ihre wohlgeformten Brüste und war durchaus zufrieden mit dem was sie spürte und auch sah. Das Training der letzten Wochen hatte ihren Body fest und äußerst ansehnlich gemacht. Andrea war sehr stolz auf das Ergebnis. „Was wird der Tag mir wohl heute bringen und was mache ich denn nun heute?" ging es ihr durch ihren hübschen Kopf. „Ach was, das Wetter ist bescheiden, baden fällt aus…" und wieder kamen ihr die Bilder des letzten Ausfluges am See mit Micha in den Sinn, was sogleich eine leichte Flut zwischen ihren Schenkeln auslöste. „Mist, Micha hat Urlaub und meine anderen Liebschaften sind verreist…was mache ich blos?" Als sie sich an den Frühstückstisch setzte, gesellte sich ihre jüngste Tochter zu ihr, welche ziemlich genervt auf Mutters gute Laune reagierte. „Mama, ich bin heut den ganzen Tag mit Sascha verabredet…und heut Abend schlaf ich auch bei ihm!" bevor Andrea etwas erwidern konnte, fehlte ein Brötchen im Korb und die Haustüre fiel hinter der Jüngsten zu. „Nun ja, mach ich halt alleine was" dachte sich Andrea und blätterte durch die Tageszeitung. Nach dem ausgiebigen Frühstück schwang sich die großgebaute Frau auf ihr Hightech Mountainbike und radelte los in Richtung Sportpark, wo sie sich den halben Morgen in der Muckibude auspowerte. Noch einmal frisch geduscht und gestylt ging es anschließend wieder nach Hause, um den angefangenen

Tag neu zu planen. Als Andrea die Haustüre öffnete fiel ihr erster Blick auf das alte Gemälde an ihrer Fluorwand. Das alte Schloss, welches auf dem Gemälde abgebildet war und wo sie früher oft mit ihren Eltern die Sonntage verbrachte, ließen ihre Gedanken in eine andere Richtung schweifen. Genau, das ist es! Ich schau mir heute das Schloss Hohenzollern an. Es war ganz in der Nähe und in der Ortschaft unterhalb des Schlosses soll man sehr gut einkaufen können. Gesagt getan...Andrea schnappte sich ihre kleine Armani-Handtasche und sprintete los zu ihrem schönen roten Cabriolet, welches ihr ganzer Stolz war. Ein Knopf auf die Verriegelung und das rote Dach senkte sich langsam hinter ihrem Rücken in den für ihn vorgesehenen Platz. Ein Handgriff und der Motor ihres geliebten Fahrzeuges schnurrte brummelnd los. Als Andrea die Haupt -straße erreichte, konnte sie schon in weiter Ferne das majestätische Schloss erkennen, welches in seiner ganzen Pracht vom Berge herunter strahlte. Ein heller Sonnenstrahl ließ ihre Augen kurz erblinden und Andrea stieg mit voller Wucht in die Bremsen. „Scheiße!" dachte sie sich, ich hätte die Sonnenbrille aufziehen sollen, hoffentlich habe ich jetzt niemand behindert. Und schon schallte ein Autohupe hinter ihr. Immer noch leicht geblendet setzte sie ihre Fahrt fort, aber ihr Hintermann ließ nicht nach mit dem Gehupe...genervt blickte sie in den Rückspiegel und erkannte den Blödmann... ein Griff in die Handtasche zum Handy und direkt angerufen krächzte sie in das Mobilteil: „Micha du Arsch, was machst du hier? Ich dachte du musst arbeiten..." „Ach Süße, ich arbeite doch...sieht man das nicht? Komme grad aus Stuttgart und bin auf dem Weg nach Hechingen...was machst du hier?" Andrea schilderte Micha kurz und knackig ihr Vorhaben und war umso überraschter als dieser bekundete sich anschließen zu wollen. Er müsse nur noch kurz einen Kundenbesuch machen und wolle sich mit der attraktiven Frau dann auf dem Parkplatz des

Schlosses treffen. Andrea grinste innerlich, sie kannte Micha noch nicht sehr lange, wusste aber, dass er immer für eine frivole Überraschung gut ist. „Na gut, wir treffen uns in zwanzig Minuten auf dem letzten Parkplatz unterhalb des Schlosses…ich freu mich" entgegnete Andrea. Als Micha dann ausscherte und sie auf der Vierspurigen überholte, winkte sie ihm noch kurz zu. „Dieser Spinner" dachte sie sich, „ der wird auch nie erwachsen…"und grinste hämisch in sich hinein. Auf dem Burggelände angekommen platzierte Andrea ihr HeiligsBlechle direkt unter den schattigen zweigen einer Buche. Und mit einem Knopfdruck schloss sich das rote Dach über ihrem Gefährt. Ihr Handy signalisierte ihr, dass eine Whats App gerade angekommen war. Es war eine Nachricht von Micha, er wäre in drei Minuten bei ihr und just in diesem Augenblick fuhr sein schwarzes Auto auf den Parkplatz. Geschickt lenkte der große Mann seinen Wagen direkt neben die Parklücke neben Andreas Cabrio. „Hey Hübsche alles frisch bei dir?" rief der lange Kerl ihr zu als er sich aus seiner Blechschüssel herausgequält hatte. „Klar du Herumtreiber, und bei dir?" „Logisch, komm ich hab ne Überraschung für dich. Wir müssen uns etwas beeilen!" Er öffnete den Kofferraum seines Wagens und schnappte sich eine längliche grüne Tasche, welche er in einem Schwung über seine Schulter hängte. „Wir werden erwartet…" Andreas Neugierde wuchs ins Unermessliche. Es waren noch gefühlte 1000 Stufen, die die beiden noch von dem Schloss trennte und die sportliche Frau war glücklich über ihre gute Kondition. Micha schnaubte da schon wesentlich schwerer und daher freute er sich umso mehr, als ihnen eine warme Stimme etwas entgegenrief. Es war Bruno, ein Freund Michas, welcher schon seit zwanzig Jahren auf dem ehrwürdigen Anwesen arbeitete. „He du alter Haudegen" rief Bruno, „lang nicht mehr gesehen…" „Seit du mir meine letzte Flamme ausgespannt hast nicht mehr, du Schweinebacke!" die beiden Männer lachten sich an und nahmen sich herzlich in die Arme. „Willst Du mir nicht deine Begleitung vorstellen?" unkte Bruno Micha an und Andrea fasste sich selbst den Mut und entgegnete „Hey Bruno, ich bin Andrea...und was hat der Mistkerl mit mir vor?" Bruno schallendes Gelächter durchhallte den kompletten Burghof und die noch anwesenden Touries schauten erstaunt zu den Drein. „Ich hab für Euch beide den kleinen Burggarten freigeschaufelt, Micha sagte er wolle mit dir dort Picknick machen. Aber lasst euch ja nicht erwischen, sonst bin ich meinen Job los!!" „Mach dir nicht ins Hemd, wir werden dir schon keine Umstände machen..." ächzte Micha zu Bruno. „Hör mir blos auf ich kenn dich! Kommt und folgt mir..." Andrea ging hinter den tuschelnden Männern her und fragte sich immer noch was das hier sollte. Im kleinen Burggarten angekommen begannen ihre hübschen Augen an zu leuchten. Der Anblick diese kleinen Paradies ließ Andrea aufseufzen. So etwas Schönes hatte sie lange nicht mehr gesehen. Auf einer wunderschönen Grasfläche welche mit den seltensten Blumen umrahmt war fand sich inmitten ein kleiner plätschernder künstlich angelegter Wasserfall, welcher sich aus einem mannshohen Stein ergoss. Es war einfach umwerfend. Micha nahm ihre Hand und führte die vor Entzückung erstarrte hübsch Frau zu dem Stein, wo er aus der grünen Tasche eine große Decke holte und diese für die Beiden auf dem Boden platzierte. „Komm setz dich zu mir" und Micha blickte tief in die erstaunten Augen der blonden Frau. Andrea strich ihren kurzen Rock zurecht und ging langsam in die Hocke. „Du bist ein Spinner und wirst es immer bleiben!" entgegnete sie dem in der Tasche fummelnden Micha. Plumps, da saß sie nun und kaum auf der Erde angekommen knallte der Korken einer Sektflasche. Micha hatte wieder einmal an alles gedacht, ging es ihr durch den Kopf und im selben Augenblick hielt sie schon ein Glas dieses wunderbar prickelnden Getränks in ihren Händen. „Auf unser Wohl und auf einen schönen Urlaubsbeginn!" prostete Micha ihr zu. „Wie soll ich dir das nur danken? Komm her und küss mich endlich!" und Andrea spitzte ihre Lippen zu einem Kuss. Aber Micha zögerte noch… „was ist los, bekomme ich keinen Kuss mehr?" „Doch natürlich, aber ich bin noch nicht fertig" und aus der grünen Tasche kam auch noch eine Schale mit saftig roten Erdbeeren. Das war zu viel für Andrea, mit einem Satz sprang sie auf und setzte sich Micha auf den Schoß. Ihre Beine umschlangen seine kräftigen Hüften und ihre Hände fassten seinen Kopf. „So und jetzt küss mich, aber zackig, du scharfer Hüpfer!" Ihre Lippen trafen sich und eine wilde Knutscherei begann. Ihre Zungen begannen sich zu treffen und es schien, als ob zwei wildgewordene Schlangen einen Tanz beginnen. Michas Hände wanderten langsam über den Rücken Andreas bis vor zu ihren Lusthügeln. Gekonnt öffnete er die Knöpfe ihrer Bluse und hielt inne als ihre Titten von ihrem Stoffgefängnis befreit wurden. „Deine Titten sind der Hammer", kam es aus Michas Mund, welcher aber direkt mit den steif nach oben gerichteten Nippeln gefüllt wurde. Das Saugen und Lecken ihrer Lustknospen machte Andrea noch wilder und auch sie begann langsam Michas Kleidung zu öffnen. Erst wurde seine Krawatte von seinem Hals gelöst und ins Gras geschmissen, dann riss das ungestüme Weibsbild fast sein Gucci Hemd entzwei als sich zwei Knöpfe ums Verrecken nicht öffnen lassen wollte. Erst als auch Micha mit blanker Brust vor ihr saß, war Andrea zufrieden. Micha schnappte sich eine Erdbeere und liebkoste damit ihre harten Nippel, welche voller Pracht ihren strammen Busen zierten. „Ich will dich jetzt lecken Süße!" und mit gekonnten Griffen schob er ihren scharfen Minirock in die Hüften. „Leg dich hin und freue dich auf meine heiße Zunge" Andrea glitt langsam rückwärts auf die weiche Decke und konnte das angekündigte Zungenspiel kaum erwarten. Aber was macht der verrückte Kerl denn jetzt, wunderte sie sich als Micha neben sich griff und seine Krawatte aus dem Gras fischte. „Du sollst jetzt mit allen Sinnen genießen, also wehr dich nicht" hauchte Micha sie an, als er mit seiner Krawatte ihr Augenlicht verdunkelte. Alles was danach folgte war für Andrea ein Feuerwerk der Glückseligkeit. Zarte Hände strichen über ihren ganzen Körper der sich bebend vor Lust auf und nieder bewegte. Sie spürte einen Mund auf ihren Nippeln, fordernd saugend, manchmal auch leicht knabbernd, eine Zunge die sanft über ihre Lustknöpfe leckte…alles dies ließ ihr Verlangen nach Erlösung immer höher kochen. Als Finger sich an ihrer Lustgrotte zu schaffen machte erzitterte ihr ganzer Körper und dieser Gegenstand der zärtlich um ihr Lustzentrum strich versetzte sie in helle Freude. Über ihre Lippen strich etwas was sie sehr wohl am Geschmack erkannte, welcher aber mit ihrem eigenen Duft vermischt war. „Mach deinen Mund auf und koste diese ganze Herrlichkeit…es ist der süße Geschmack der Frucht vermischt mit deinen Körpersäften…genieße es!" Willig schluckte das wehrlose Mädchen die süße Frucht und ergab sich weiteren Streicheleinheiten ihres Liebhabers. Aber was war das? Sie spürte wie sich eine Zunge an ihrer Lustgrotte labte, spürte aber auch einen warmen Schwanz, der um Einlass in ihrem Mund forderte. Sie gab sich diesem neuen Gefühl hin und nahm den heißen Lustspender tief in ihrer Mundvotze auf. Sie meinte diesen Schwanz zu kennen, er füllte ihren kompletten Mund aus und auch der Geschmack war ihr nicht fremd. Micha war es der zärtlich aber fordernd ihren Mund vögelte…Aber wer leckt mich da so hingebungsvoll, ging es durch ihren Kopf… Andrea dachte aber nicht lange nach, sondern ergab sich ihrem ersten Orgasmus, der ihre Säfte aus der heißen Muschi heraus squirten ließ. „baaah…das ist ja megageil" rief eine Stimme und sie wusste jetzt, dass Bruno derjenige war, der sie zum Spritzen brachte. „Du geiles Luder, das zahle ich dir heim" kam aus Brunos Mund und als gleich spürte sie, wie er langsam mit seiner kompletten Hand in ihrer Muschi verschwand und diese hart fistete. Andreas Lustschmerz trieb sie von einer Welle des Erquickens zur nächsten. Immer und immer wieder übergoss sie mit ihren Säften die penetrierende Hand Brunos. Michas Schwanz begann ebenfalls verdächtig in ihrem Mund zu zucken. „Der weiß aber, dass ich nicht schlucke, der Mistkerl" dachte sich Andrea und genau in diesem Augenblick hörte sie ein lautes Aufstöhnen von Micha der seinen Schwanz genau im richtigen Augenblick aus ihrem Mund zog und seine ganze Ficksauce in ihrem Gesicht verteilte. Er löste seine spermaüberzogene Krawatte von Andreas Augen und wischte mit dieser erschöpft ihr besamtes Gesicht sauber. Nur Bruno war noch so fasziniert von der spritzenden Muschi, dass er seinen dicken Schwanz total vergessen hatte. Nun setzte auch er seinen Docht zum Endspurt vor der heißen Muschi an und begann mit langen harten Stößen diese auf ein Neues zu bearbeiten. In diesem Akt der Hingabe ergoss sich Andrea noch ein viertes Mal über dem Geschlechtsteil Brunos, welcher daraufhin voller Extase ebenfalls seine Lebenssaft über der nassen Muschi von Andrea ergoss. Alle drei sanken nebeneinander erschöpft ins Gras und lauschten gemeinsam dem Plätschern des Wasserfalls. „Scheisseeeeee!" kreischte es aus Brunos Mund, „oh fuck…jetzt bin ich mein Job los!" jammerte er und deutete auf die Balkonbrüstung des Schlosses hin, wo wohl schon seit längerer Zeit der Gutsherr und sein Arbeitgeber das Treiben beobachteten. „Mach dir kein Kopf du geiler Ficker" hauchte ihn Andrea an, „bei mir bekommst du eine Festanstellung als Höhlenwart!"

Geschichte 6

Heisser Einkaufsbummel

„Neiiiiin!" ein schriller Schrei hallte durch das von der Hitze durchzogene Büro. Mit einer energischen Handbewegung knallte Tina den geöffneten Ordner auf ihren Schreibtisch. „Ich hab die Schnauze voll!", dieser Gedanke trieb ihre Arbeitslust immer und immer wieder fast in die Verzweiflung. Da saß sie nun, ihre Bluse so von Schweiß durchnässt, dass jeder ihrer Kollegen die wohlgeformten Rundungen ihrer Brüste genau erkennen konnte. Als sich Tina von ihrem Bürostuhl erheben wollte, bemerkte sie, dass auch ihre nackten Oberschenkel sich an dem feinen Leder festgesaugt hatten und ein zarter Schmerz sich durch ihren erhitzten Körper glitt. Mit beiden Händen zog sie ihren dünnen Minirock zurecht und ging mit hochrotem Kopf durch die eine Tür, die sie vom Schreibtisch ihres Vorgesetzten trennte. „Jves, so kann das nicht weiter gehen! Alle meine anderen Kollegen haben eine funktionierende Klimaanlage, nur ich soll hier in dieser Sauna klare Gedanken fassen! Ich habe tierische Kopfschmerzen und werde unter diesen Bedingungen heute nicht mehr weiterarbeiten!". Mit großen Augen inspizierte Jves seine Mitarbeiterin und konnte sich kaum eines Lächelns erwehren, als sein Blick über die starr aufgerichteten Brustwarzen von Tina glitt. Da Tina nie einen Büstenhalter trug, waren auch ihre neuen Nippelpiercings keinem Blick mehr verborgen und Jves wurde sichtlich unruhiger bei diesem Anblick! „Mensch Tina, wir kommen fast nicht mehr rum mit der ganzen anstehenden Arbeit, aber ich sehe ein, dass es für dich sehr mühsam ist unter diesen Bedingungen zu arbeiten." Er schaute auf seine Uhr, 11 Uhr 45…. „Hmmm, ich schick dich jetzt in eine verlängerte Mittagspause. Bitte sei so lieb und komme um 15 Uhr wieder ins Büro, hoffentlich haben wir dann diese Hitze aus deinem Büro raus…" Ohne ein Wort drehte sich Tina um und ging Richtung Türe. Erst beim Schließen, warf Sie ihrem Chef mit leiser Stimme ein „Danke" zu. Auf dem Weg zum Ausgang kam sie noch durch drei wohltemperierte Büros ihrer Mitangestellten und bei jedem Schritt wuchs ihr Zorn gegenüber der Arbeit, die sie jetzt schon seit über zwanzig Jahren ohne jegliches Murren hier verrichtete. Als sie durch die Eingangstür des Bürokomplexes ging stockte ihr der Atem. Die brütende Hitze Basels drang ihr durch Mark und Bein. Mit zitternden Fingern stocherte sie in ihrer Armani Tasche herum auf der Suche nach Autoschlüsseln und der großen dunklen Sonnenbrille. Das Gehen auf ihren High Heels fiel ihr sichtlich schwer und erst als sie ihr kleines rotes Cabriolet erreichte, legte sich der angestaute Ärger bei Tina. Tief seufzend ließ sich die attraktive blonde Frau in die Sportsitze ihres Autos gleiten und als sich langsam das Dach aus der Verankerung löste, konnte sie entspannt durchatmen. „Was mach ich denn jetzt blos bei dieser Hitze?" und spontan fiel ihr das riesige und hoffentlich klimatisierte Einkaufszentrum in Weil ein. Schon immer wollte sie sich in den Einkaufspassagen dieser Shoppingmal einmal umsehen. Tina ließ den Motor ihres Lieblings langsam in Fahrt kommen und steuerte strikt auf die Schweiz-Deutsche Grenze zu. Schon von Weitem konnte sie das Gebäude mit dem großen Parkhaus erkennen und allmählich legte sich auch der Ärger über ihren Arbeitsplatz. Die netten Zöllner der Grenze hatten auch dieses mal nichts bei Tina zu beanstanden, aber komischerweise ließ man sie immer und immer wieder mit grinsenden Gesichtern kurz anhalten. Als Tina die Einfahrt in dieses ShoppingCenters durchfuhr, die ersten Etagen des Parkhauses hinter sich brachte und schließlich im vierten Stock einen netten Parkplatz erwischte überlegte sie sich was wohl zuerst auf ihrer Einkaufsliste stünde. Sie musste nicht lange nachdenken und manövrierte direkt auf den Orion Sex Shop zu. Seit langer Zeit dachte sie darüber nach diesen Bodystocking in schwarzem Netz zu kaufen, da alle ihre Freundinnen aus den Clubs ihr diese Art von Outfit sehr ans Herz gelegt hatten. Mit diesem Teil würde sie sicher der Blickfang aller Männer sein... Und ihr Vorhaben verlief erfolgreich. Die nette Verkäuferin konnte ihr direkt ein passendes Teil zur Anprobe mitgeben. Tina wurde bei dem Anblick, den sie sich selber bot extrem heiß und sie spürte wie sich ihre Liebessäfte zwischen ihren Beinen breit machten. Wenn dieses Teil bei mir schon solche Reaktionen hervorruft, wie wird das wohl bei den Kerlen ankommen, dachte sie. Als die etwas dickliche Verkäuferin ihren Einkauf einpackte, stöberte Tina noch ein wenig durch die Auslage. Ein Journal über Lesbische Liebe, mit dessen mannigfaltigen hocherotischen Bildern ließ Tina fast dahin schmelzen und sie begann zu träumen. Erst als eine starke Hand ihre Schulter berührte zuckte sie aus ihren Tagträumen heraus. „Du bist doch das Füchsli?" sprach sie eine sehr männliche Stimme an. „Ich bin Loverboy68, aber meine Freunde nennen mich Mark..." Tina drehte sich um und blickte in zwei dunkle sympathische Augen, welche aber wesentlich höher als ihre platziert waren. Der Kerl muss mindestens zwei Meter groß sein, dachte sich Tina und lächelte den frechen Kerl an. „Hey ich kenn dich doch vom letzten Stammtisch in Lörrach?" fragte sie ihn... „und hey, ich bin Tina!" grinste sie ihr Gegenüber an. „Hast du was gefunden?" antwortete Mark. Tina deutete zur Kasse und nickte „ein heißes Teil hab ich gefunden und ich werde mich damit am Samstag im Relax präsentieren. Kommst auch oder hast was anderes vor?" „Na da werde ich wohl kommen müssen, oder? "erwiderte Mark. „Was hast denn heute noch so vor?" bei dieser Frage schaute Mark tief in Tinas Augen und diese begann leicht zu zittern. Irgendetwas machte sie in diesem Augenblick richtig scharf auf diesen langen Kerl und ihre Antwort kam ohne großes Überlegen. „Schlag Du was vor, ich bin für alles zu haben Hauptsache kein Stress!" „Lass uns rein gehen und einen Kaffee trinken, ich hab noch zwei Termine heut, aber die Gesellschaft mit so einer heißen Frau muss ausgekostet werde!" Mark lächelte verschmitzt und Tina bezahlte schnurstracks ihre Einkäufe und folgte dem großgewachsenen Typ. Kurz vor der Auslage des Cafes drehte sich Mark zu Tina, grinste und deutet zur Kundentoilette. „Süße, ich muss noch ganz schnell für Königstiger, wartest Du hier?" Tina schoss ein geiler Gedanke durch den Kopf „warte ich muss auch auf diese Örtlichkeiten", rief sie ihm zu und folgte Mark. Gemeinsam gingen sie an dem Platz vorbei, wo normalerweise eine dunkelhäutige Madam Pipi sitzt…aber ihr Stuhl war leer. Zwei Schritte weiter stand die Tür zum Babywickelraum mit der Behinderten Toilette offen und kein Mensch war weit und breit zu sehen. Die beiden blickten sich an und es bedurfte keine Worte mehr. Mark nahm Tinas Hand und schnell zog er die Tür der etwas größeren Notdurft-Kammer hinter den beiden zu. Nachdem die Tür verriegelt war, drehte sich Mark blitzschnell um und griff nach Tinas Nacken. Wie wilde ausgehungerte Tiere fielen die beiden übereinander her und ihre Lippen verschmolzen in einem heißen Kampf der Zungen. Ein leises Stöhnen keuchte aus dem Mund der scharfen Amazone, als sie die starken Männerhände unter ihren Pobacken spürte. Mark hatte ihren kurzen Rock leicht nach oben geschoben und hievte den zierlichen Frauenkörper auf die Wickelablage. Tina schlang ihre grazielen Beine um die Hüften des gutgebauten Adonis und klammerte diesen fest. Erregt zitternd öffnete Mark langsam Tinas Bluse und als sich der Anblick ihrer wundervollen Titten seinen Augen bot, begann auch er etwas tiefer zu Atmen und ein heiseres Keuchen kam aus seinem Mund. Mit beiden Händen drückte er Tinas Oberkörper nach hinten, um besser mit seiner scharfen Zunge ihre Nippelpiercings zu verwöhnen. Sanft saugend und zart stimulierend brachte Mark diese in einen Zustand der Dauerstarre. Tina stöhnte leise und genoss dieses erotische Gefühl, welches ihren schlanken Körper durchzuckte. Und Mark wurde immer fordernder. Er entledigte sich seiner Krawatte und fixierte Tinas Hände mit diesem Kulturstrick über ihrem Kopf an dem Regal, das über den beiden Liebenden angebracht war. „Was um Himmels Willen hast du mit mir vor?" krächzte Tina laut vor Wollust. „Halt den Mund und lass dich überraschen!" erwiderte ihr Gegenüber ebenfalls laut stöhnend. Hilflos und fast unbeweglich fand sich Tina auf diesem Wickeltisch wieder, aber es gefiel ihr zusehends. Mark wand sich aus der Umklammerung und schob Tinas Röckchen bis in ihre schlanke Taille. Mit einem schnellen Ruck zog er ihren kleinen String vom Lustzentrum der schönen Frau. Wie eine gerade erlegte Trophäe schwenkte Mark diesen scharfen Stofffetzen vor ihren Augen und wischte sich damit den Schweiß von der Stirn. „Möchtest Du jetzt endlich mal richtig geleckt und gevögelt werden?" hauchte er seine Errungenschaft an und Tina winselte leise… „jetzt mach endlich du wilder Stier, lass mich nicht zu lange warten!" Und genau dieser Wilde Stier machte sich nun daran genüsslich die Lustfrucht von Tina mit seinem Mund zu bearbeiten. Sanft küssend und saugend erforschten seine Lippen den heißen Bauch hinunter bis hin zu ihrem Wonneknopf. Dort verharrte Marks Mund und seine Zunge begann das starre Piercing der Klitoris zärtlich zu bewegen und drehen. Tina wurde es fast schwarz vor Augen, so sehr genoss sie das Treiben dieses Mannes und die Hingabe wie er sich um ihre Lust bemühte. Nachdem Mark sich seines Hemdes und der Stoffhose entledigt hatte, gewährte er Tina gnädig einen Blick auf seinen starr nach oben gerichteten Lustspender. Tina seufzte bei dem Anblick und allzu gerne hätte seinen Schanz tief in ihrem Mund aufgenommen. Allein der Gedanke diesen gutgebauten, nicht zu langen und anregend dicken

Penis mit ihrer Zunge zu verwöhnen ließ die Säfte zwischen ihren Schenkeln noch heftiger fließen. Gekonnt stülpte sich Mark einen Gummischutz über sein Prachtteil und setzte seine Schwanzspitze angriffsbereit vor Tinas Muschi. „ Na Du Luder, bist bereit für einen heißen Ritt?" und aus Tinas Mund kam blitzschnell „ Ja mein Cowboy, reite mich endlich zu...warte nicht so lange!" ein spitzer Schrei Tinas durchhallte das Lustklo, als Mark seinen Docht bis zum Anschlag in ihre Votze hinein rammte. In langsamen und gleichmäßigen Stößen ließ er die geile Stute immer und immer wieder laut stöhnend kurz vor dem Orgasmus wegdriften, bis sie ihm flehend die Order gab, doch endlich ihre Erlösung einzuleiten. Mark steigerte sein Ficktempo und löste nebenbei noch die Krawatten Fessel seines Opfers. Und genau in diesem Augenblick löste sich die komplette Anspannung seiner Lustsklavin in einem monströsen Orgasmus aus Zucken und Schreien. Zärtlich schlang Mark seine Arme um den vibrierenden Körper von Tina und küsste sie sanft und innig. „So hat mich noch nie jemand aufgefangen, ich bin fix und fertig...aber was ist mit Dir?" Tina sah, dass Mark noch immer mit einer Starrheit zwischen seinen Beinen gezeichnet war. Grinsend blickte sie ihrem Cowboy ins Gesicht und schmunzelte ihn an... „Na, ne kleine Mundentspannung gefällig?" In diesem Augenblick kam Tinas Dominanz wieder einmal zum Vorschein. Mit einem Satz sprang die durchtrainierte Lady von der durch die harte Belastung leicht durchgebogene Kommode und stieß Marks Körper gegen diese. Auf den Knien bewegte sich ihr Körper langsam auf den harten Schwanz von ihrem Lover zu und ihre Lippen umschlossen seinen Schaft mit leichtem Druck. Ihr Lustmaul war erstmals komplett ausgefüllt und das trieb Tina fast erneut in eine geile Extase. Marks Hände umfassten ihren Kopf und nun wurden auch seine Stöße in ihrem Rachen wilder und wilder. An seinem schweren Stöhnen und Keuchen bemerkte die geile Liebhaberin, dass auch er kurz vor dem erlösenden Schuss stand. „Ich möchte dass du mir deine ganze Ladung ins Gesicht pfefferst, hast du gehört!!!" befal sie ihrem wilden Ficker, in dessen Augen in diesem Augenblick nur noch Weis zu erkennen war. „Jaaaaaaaaa, jetzt jetzt…aaaaahhhhhh" und seine Lebenssahne spritze aus seinem rot geschwollenen Phallus direkt auf ihre Stirn. Doch es schien nicht enden zu wollen, immer und immer wieder zuckte sein Schwanz aufs Neue und Sperma besamte ihr Gesicht. Fast Tiefenentspannt sank Mark neben ihr auf den Boden als die Türklinke robust nach unten gedrückt wurde. „Heeee", drang von draußen eine Stimme zu ihnen „alles in Ordnung da drin? Ich müsste dringend die Pampers meiner Tochter wechseln!" Hastig zogen sich die Beiden notdürftig an und öffneten verschwitzt aber entspannt lächelnd einer jungen Mutter die Tür. „Mein Mann hatte etwas im Auge, ich musste ihn grad untersuchen, sorry wenn es etwas länger gedauert hat…" warf Tina der grinsenden Mutter zu und verschwand mit Mark und leicht weichen Knien aus dem Sanitärbereich in Richtung Cafe. Ausgepowert und mit einem Dauergrinsen genossen die Beiden anschließend ihren wohl verdienten Cafe und verabredeten sich zu einem weiteren Wiedersehen am folgenden Samstag im Club.

Kolumne

Das Ding mit den Coaches

Wenn du dich entspannt und ausgeruht nach einer durchschlafenen Nacht ohne irgendwelchen Hintergedanken an deinen Rechner setzt,
um deine wichtigen sozialen Netzwerkinformationen abzurufen, passiert es immer häufiger: wildfremde Menschen wollen dir dabei helfen, dein Leben zu verbessern oder dich noch erfolgreich machen! Urplötzlich fängt dein Gehirn an zu arbeiten und dein gechillter Modus wandert in die Habachtstellung über...

Hallo, was geht da nur bei euch ab frage ich mich?

Einzigartige Menschen mit einzigartigen Ideen, wollen dir dabei helfen noch mehr aus deinem derzeitigen Dasein zu machen...wichtige Menschen, welche dein vielbesagtes Mindset resetten und dich umprogrammieren wollen, damit du dich endlich auf die Sonnenseite des Lebens manövrieren kannst. Weise Individuen, welche mit sogenannten Klarheitsbüchern und selbstverfassten Lehrschriften, dir dabei helfen, den angeblich undurchsichtigen Nebel in deinen Gedankenbahnen zu lichten, um wieder klare Strukturen in deine verworrenen Gehirnwindungen zu bringen. Mit einfachen Mitteln wieder Höchstleistungen erzielen, gesetzte Ziele erreichen, einfach nur kurz deinen Namen und E-Mail angeben und über den vollkommen kostenlosen Rücksende-Button antworten...

Gratis...hört sich immer gut an! Es hört sich komischerweise immer alles gut an – Ziele leichter erreichen – ein besseres Leben erreichen – sorgenfrei in die Zukunft...und spätestens jetzt fängst du an, dich bewusst mit deinem Istzustand auseinander zu setzen!

Hmmm, ein bisschen mehr Geld verdienen, Schulden schneller abbezahlen, den angefressenen Speckgürtel abbauen, gesünder leben, mehr Zeit für die Familie, das wär's doch! Und da gibt es doch tatsächlich angeblich qualifizierte Trainer, die dir dabei helfen – gratis? Ganz sicher nicht!!

Doch der Mensch ist von Natur aus neugierig und so ein Rücksendeknopf ist schnell gedrückt – Zack

In Bruchteilen von Sekunden klingelt es in deinem Maileingang und du hast elektrische Post. Der Fisch zappelt am Haken! Wenn du die Dienstleistungen dieser selbsternannten Coaches jetzt in Anspruch nehmen möchtest, braucht es dein Bestes – deine Kohle! Es fängt erst ganz klein an, mit niedrigen Beträgen für weitere Infos oder Unterlagen, ohne dass du aber deinen Zielen wirklich nur ein Stückchen nähergekommen bist und wenn du dann weiter an den Humbug glaubst und auf diese ominöse Hilfestellung hoffst, musst du doch recht tief in deine Taschen greifen!

Und jeden Tag steht ein neuer Life – Business – Wellness – Fitness – oder Finanz Coach auf, welcher dir gerne helfen möchte – dein Geld loszuwerden!

Leute, geht es uns denn so schlecht?

Den Speckring um die Hüften haben wir uns doch nur anlegen können, weil es uns einigermaßen gut geht – Die Kohle dafür haben wir uns verdient, weil wir Arbeit haben und tagtäglich dafür sorgen, dass dies auch so bleibt! Für dieses Geld tauschen wir im Normalfall unsere Lebenszeit ein und oft auch manchmal die wichtige Zeit, welche wir mit unseren Liebsten verbringen möchten! Sind wir da nicht Großteils selbst dafür verantwortlich, wieviel wir Zeit für unsere Arbeit und wieviel Zeit wir für unsere Freizeit aufbringen wollen? Jetzt kommt da so einer daher und möchte, dass du zusätzlich noch von deiner Zeit opferst um mit ihm/ihr Trainings durchzuführen – und für diese Zeit bezahlst du dann auch noch nicht gerade wenig Geld, denn dieser Mensch lässt sich seine Zeit teuer bezahlen!

Sich Bewusst sein – das eigene Leben bewusst gestalten - Reflektieren – oft erscheint es einem selbst als ziemlich schwer, ab und zu aus dem eingefahrenen und unbewussten Trott auszubrechen. Oft bauen sich Hürden auf, welche unüberwindbar scheinen, aber bei genauerer Betrachtung bemerkt man, dass man sich diese Hürden im Laufe der Jahre selbst aufgebaut hat! Und da helfen dir auch keine Coaches – denn woher sollen diese dieses jahrelang aufgebaute Konstrukt von Barrieren erkennen? Trau dich und frag doch mal dein Umfeld, deine Familie, deine Freunde, welche dich dein Leben lang begleiten, denn diese Menschen wissen mehr über dich als der selbsternannte und zudem teure Coach! Und meistens helfen diese Menschen auch gerne und kostenlos!

Coach oder Couch?

Wenn d'Frau sagt, guck di mol a,
vor 20 Johr, do warscht amol on scheena Ma,
rank und schlank, so hosch du mi entzückt,
hann i di gsea, war i entzückt!
Heut do schnaufesch wia a Ross,
und pascht kaum meh in a Hos,
ziehsch deine Socka a, dann klemmts,
da Kraga platzt dir uff am Hemd,
jetzt wird's Zeit, du musch was dua,
duasch du nix, geb i koi Rua!
Ok, denksch du dir, i suach schnell,
on Coach für Älles uff da Stell.
In Facebook find i sicher oiner,
Bloß günstig des isch leider koiner!
Di Oine will dein Hirn resetta,
on Andra duat dei Füß eifetta,
damit du schneller bisch beim Laufa,
darfst ab heut kei Bier mehr saufa,
da Nächste hilft nur virtuell,
nu helfa duats eventuell,
wenn du in Zukunft brav und fleißig,
dei Geld gibsch gar net geizig!
Vier Wocha lang loscht du di trieza,
vu taffe Kerle und heißa Mieza,
dei Konto des wird immer leerer,
dei Geld hend jetzt dia super Lehrer!
Dei Frau wird immer noch nervöser,
isch koi Geld do, wird sie böser,
jammert rum und wird arg laut,
sie fährt vor Wuat fast aus da Haut,

jetzt langats mit der coacherei,
du gohsch jetzt in on Sportverei,
brauchst du mit äller Gwalt on Fitness Coach,
trainier lieber mol mit mir uff unsra Sofacouch!
Moral von derra Gschicht,
zum coacha brauchts viel Kohle nicht!

Der Einfluss der Beeinflusser…

Es ist erstaunlich, als ich heute Morgen mit einem leichten Hüsteln aufgewacht bin, war mein erster Gedanke: „Mist, Corona!" Vor zwei Jahren war es ganz normal, dass man während dieser Jahreszeit bei diesen Symptomen zuerst an eine „handelsübliche" Grippe oder auch Influenca gedacht hat. Beim kleinsten Anzeichen hat man sich mit den bekannten Allerheilmittel wie Aspirin, heißer Zitrone oder bei Fieber mit Wadenwickeln behandelt. In schwereren Fällen, wenn man es fast nicht mehr aus dem Bett geschafft hat, wurde der Hausarzt konsultiert, welcher den Patienten zu einer Woche strengster Bettruhe verdonnerte. Heute hat man das Gefühl, dass diese gewöhnliche Grippe gar nicht mehr existent ist, nein, sie wird wohl gar nicht mehr bewusst wahrgenommen.

Nachdem ich nach dem Aufstehen aber den köstlichen Duft des Kaffees meiner Frau gerochen hatte und mir mein Cistus Tee sogar vorzüglich geschmeckt hat, gab mir mein Unterbewusstsein ein Signal der Entwarnung! Geschmack und Geruchssinn waren also noch da, Fieber hatte ich auch keines und das Hüsteln hatte wohl gänzlich andere Ursachen. Puh, nochmal Glück gehabt…aber woher sollte es auch kommen, da wir uns ja auch streng an alle Corona-Schutz-Regeln, so blödsinnig diese auch manchem erscheinen, gehalten haben. Da ich aber von Grund auf Neugierig bin, und die Frage nach der grundsätzlichen Existenz einer Grippe in der heutigen Zeit mich nicht ruhen ließ, musste das Wissen eines Experten angezapft werden. Nach dem Anruf bei einer befreundeten Medizinerin, wurde mir bestätigt, dass sich wohl die Fälle einer gewöhnlichen Influenza deutlich reduziert hätten. Dies würde aus den Maßnahmen resultieren, welche wohl zum Schutze vor Corona von staatlicher Seite angeordnet wurden. Sprich:

vermehrtes Händewaschen, Abstand halten, Kontakte vermeiden etc. habe den Grippeviren gänzlich den Garaus gemacht. OK... Schön, dachte ich mir, so könnte es weitergehen und irgendwann werden wir das Covid-Gespenst auch einmal aus unserem Schreckensschloß verbannen!

Eins ließ mir aber keine Ruhe, nämlich die Tatsache, dass ich mich durch eine körperliche Gegebenheit beeinflussen ließ, was mir wiederum fast zwei Stunden meiner Lebenszeit kostete! „To influence" aus dem Englischen bedeutet „Beeinflussen"...das war mein erstes Suchergebnis bei Tante Google! Gut, dachte ich, dass passt ja! Wenn ich Grippe habe beeinflusst mich das in mannigfaltiger Weise. Ich bin abgeschlagen, müde, habe Gelenk und Gliederschmerzen, manchmal auch Fieber und Kopfweh, kann mich nicht konzentrieren und ich bin nicht in der Lage zu arbeiten! Passt Influenca beeinflusst! Trifft aber momentan nicht auf mich zu, also bin ich gesund und kann unbeeinflusst meiner Arbeit nachgehen.

Der Gedanke an dieses „Beeinflussen" ließ mich aber wiederholt nicht ruhen, da war doch noch was Anderes mit Influencer, aber ich kam trotz längerem Hirnmarterium nicht darauf. Erst als mein Blick auf die täglichen Netzwerk Aktivitäten wanderte, fiel es mir wie Schuppen von den Augen! Influencer werden im heutigen und modernen Marketing eingesetzt, um Menschen für bestimmte Produkte zu beeinflussen. Wenn früher Thomas Gottschalk kiloweise die Fruchtzuckergummitiere von Hans Riegel aus Bonn in seiner Show präsentierte und seinen Gästen zum Essen anbot, oder ein schlecht deutschsprechender Italiener ohne Auto sich für eine Kaffeemarke einsetzte, nannte man diese Menschen Meinungsbildner. Heute sind es meist die jungen attraktiven hipp und sportlichen Typen, welche durch dauernden Präsenz in den aktiven Netzwerken unsere Entscheidungen beeinflussen sollen.

Ich finde das ok, denn diese „Beeinflusser" haben es ja wohl auch geschafft, viele Menschen für sich als sogenannte „Follower" oder Folger, in manchen Sekten auch Jünger genannt, zu gewinnen. Je mehr Jünger, umso mehr kommt auch Geld in die Kasse, das wusste auch schon Bhagwan Shree Rajneesh auch Osho genannt. Vielleich hinkt hier der Vergleich, denn sicher sind die sogenannten Influencer keine Sektenführer, sondern einfache moderne Menschen, welche eben den Zahn der Zeit verstanden haben und sich durch ihre authentische Art eine Chance gefunden haben, ihren Lebensunterhalt zu verdienen. Und ganz sicher sind diese Influencer nicht mit einer Grippe zu vergleichen, denn die kann man nämlich wieder loswerden…

Dorfeinfluss

Mein Nachbar der isch mir voraus,
schiabt koin Schnee mehr vor em Haus,
sei Fräs, dia schaffts fast von alloi,
wirft den Schnee und mancha Stoi,
uffna großa Haufa neban Hof,
Mensch denksch du, wia bin i doof!
I muaß schwitza mi verleida,
beim nächsta Schnee will ichs vermeida,
gang zum Bauhaus und kauf mir,
au so a stinkig lautes Gschier!
Beeinflusst von da Nochbersleut,
brauchst du was bessers, am liebst no heut...
Am Dorf brauchts koine Influencer,
es reicht dir grad on Blick durchs Fenster!

Fachkauderwelsch

Ich gehe sehr gerne zum Friseur, gerade ja nicht, aber sonst schon!
Beim Friseur wird man nicht durch Fachkauderwelsch überfordert,
nein, im Gegenteil, man hat die Möglichkeit sich selbst
auszudrücken. Und nebenbei wird Mann/Frau sogar noch
aufgehübscht...Toll! Es ist ein relativ einfacher Geschäftsvorgang:
Termin machen (bei manchem Billigheimer Friseuren braucht man
das oft nicht, wenn es keine zwei Stunden Sitzung werden soll) –
Hin-gehen, Hin-sitzen, Hin-hören, ob Kaffee mit oder ohne Milch
oder Zucker und sagen welchem VIP man nach dem Termin ähneln
möchte! Schon geht es los...Der oder die Haarkünstler/in legt los
und die humanen Fachgespräche können beginnen...sinnfrei wird
über Wetter, Promis, Krankheiten, Arbeit und andere
Belanglosigkeiten während des Geschäftsvorganges sinniert und
ausgetauscht...meiner Meinung nach oft angenehm und
überhaupt nicht anstrengend!
Gibt es Menschen, denen es ähnlich geht wie mir? Immer wenn
bestimmte Berufsgruppen versuchen mit mir zu kommunizieren,
macht mein Bewusstsein sofort dicht und weigert sich die
kommunizierten Informationen mit dem gespeicherten Wissen auf
meiner Unterbewusstsein-Festplatte zu vergleichen. Menschen,
welche sich noch zwei Minuten vorher verständlich mit dir über
Wetter und Stuhlgang unterhalten haben, mutieren zu einem
plaudernden Orakel, dessen Worte bei mir nur noch als
Fragezeichen ankommen. Steuerberater zum Beispiel! Mein
Steuerberater ist mein Freund und wir tauschen uns meist auch
über privates und auch Hobbies aus, aber wenn er beginnt mir
meine Steuererklärung näher zu bringen, hört sich das für mich an,
als ob mir ein australischer Aborigine mit seinem Didgeridoo seine
Email mitteilen möchte...Da bleibt bei mir die Lampe immer

irgendwie aus! Und das nicht nur bei meinem persönlichen steuerberatenden Freund Rudolf, nein, bei jedem der mir versucht Steuern zu erklären.

Oder, der Mann von Heizung-Sanitär...schrecklich! Ich versuche immer anwesend zu sein, wenn irgendetwas an meinen Heizungen gemacht werden muss. Auch wenn ich mich dabei noch so sehr hinein grätsche, Fragen stelle und versuche die Gründe herauszufinden, warum dies und das jetzt so gemacht werden muss, es scheint mir mit jedem Besuch des Heizungs-Orakels immer hoffnungsloser. Das kann doch jetzt nicht so schwer sein, geht mir hier durch mein malträtiertes Hirn, aber anscheinend sind bei diesem Thema meine Synapsen nicht gewillt, verständliche Verbindungen zum Stammhirn zu bilden! Ich akzeptiere den Umstand, zahle die horrende Rechnung und beschließe, mich auf den nächsten Besuch besser vorzubereiten! Es bleibt halt doch immer wieder nur beim Beschluss...

Hauptsache ist, dass wir an kalten Winterabenden nicht mit einem Mantel und Decken (der Schwob sait „Teppich") auf dem Sofa den Tatort anschauen müssen!

Nur in einem Thema wollte ich mir keine Blöße mehr geben, bei den Besuchen bei unseren Halbgöttern in Weiß! Als meine Eltern mehr und mehr auf die Hilfe von Ärzten angewiesen waren und mir bei sämtlichen Untersuchungen und Behandlungen Fachbegriff um Fachbegriff vor den Latz geknallt wurde, beschloss ich aufzurüsten... Von 2014 bis 2018 absolvierte ich eine Ausbildung zum Heilpraktiker...und das war auch gut so! Ich habe zwar die Prüfung nie abgelegt, aber das Fachwissen auf meiner Hirn-Festplatte zu speichern, war mir die Mühe allemal wert! Alle Fachausdrücke und Begriffe sind zwar jetzt doch nicht in meiner Kopfbibliothek abrufbar, aber das erhabene Gefühl, doch mit einem Bruchteil von Fach-Wissen aufwarten zu können, lässt mich unbeschwert den Anforderungen der gesundheitlichen Gegebenheiten entgegentreten.

Jetzt kommen mir die gebeutelten Friseure wieder in den Sinn und ich stelle mir vor, wie mich die nette rothaarige Friseurmeisterin mit den Worten empfängt: „Möchtest du, dass wir heute die Disulfid-Brücken mittels Beta-Mercaptan lösen und durch feuchte Wärme eine Streckung der Alpha-helicalen Polypeptid-Ketten erzeugen, damit…"

Oh, wie freue ich mich endlich wieder zu einem anständigen Friseur zu dürfen!

Fachausdrücke

Wenn dein Ranza ganz arg schmerzt,
dann hoschs du wieder mol verscherzt,
do must du laut und deutlich sagen,
ein Stechen tut dein Abdomen plagen,
Ansonsten weiß der kluge Mann,
nicht wo er dich behandeln kann,
den Ausdruck Ranza hat er nämlich nie gehört,
da schaut da schlaue Doktor ziemlich gstört,
will wissen wia d'Verdauung isch,
und ob du was gegd Schmerza frisst,
will wissa wia da Stuhlgang funktioniert,
und ob sonst auf älles läuft wia gschmiert,
ob d'Flatulenz dei Frau duat störa,
so a Geschwätz willsch langsam nimme höra,
jetzt erscht spürst du, du bisch krank,
zieh endlich da gelbe Zettel aus dem Schrank,
und schick mi hoim ins warme Bett,
des dät helfa, des wär net!

Und noch ein paar Gedichtle...

Cappucino

Ein Kaffee lässt den Geist in dir erwecken,
die müden Glieder tut er dir aufschrecken,
trinkst du aber Cappuccino,
ist das nie so!
Milchschaum und drauf Pulver Cacao,
für die Schnösels ist das Pflicht so,
schlürpfen genüsslich an der Tasse,
diese kastrierte Kaffee Masse.
Doch was solls lass sie gewähren,
darfst sie beim Genießen niemals stören,
denn die Milch im Kaffee lenkt ihr denken,
wie ne Kuh beim Wasser trinken,
auf den Trog fixiert den Blick,
Kuh und Mensch sind da im Glück,
ist das Gefäß dann leider leer,
muss ganz schnell ein neues her.

Da Locha

s`Maitle sitzt am Stoßarand
sie wartat do und isch arg gspannt,
dia Sonn am Himmel strahlendblau
und d`Stroß dia lachat mäuslesgrau!
Wromm, da erschde rast vorbei,
da nächschde muaß ihr Schätzle sei...
broamm un nommol einer flitzt
um d´Kurv num, s`Mädle schwitzt.
Dia Lederkluft bringt ihre Säft zum laufa,
aber erst am Obad gohts zum Bierle saufa!
Der Schweiß denna Biker schwer zum schaffa macht,
unterm Helm stark konzentriert und koiner lacht!
Do kommt er, s´Moped rauscht um d`Eck,
mit em Kneib streift er fascht im Dreck,
liaber Gott bring mer den Kerle heil do nuff,
dass der am Obad ka uff mi mol nuff.
Puh, des war heut wieder mol a Pracht,
ihr Biker steigt vom Karra und er lacht,
„Am Locha ischs halt einfach wunderschee!"
Doch mancher bleibt do zruck, maushee...
Dia arma Biker, sind fast älle blind
Weil d`Landschaft fliagt vorbei so gschwind
Auf ma Karra der 300 Sacha fährt,
ischs au offtmols net verkehrt,
gmiatlich und bewusst do nuff zu fahra,
ma ka sich ziemlich Stress erspara,
und obadrei mol dia Natur zum sehn,
Am Lochas Berg do ischs rech schön!

Da Turm

Kommsch vo Stuagart uff da Autobah daher
No kannsch sofort den langa Denger sea.
Wia a Schraub streckt der sich zu da Wolka nuff
A Plattform zum glotza, dia sitzt obdruff
Von derra aus kamer bis in d`Schweiz num gucka
Aber zerscht muasch 9 Euro an d´Beate abdrucka
Dann darfsch schnell und lautlos Uffzug fahra
250 Meter nauf, dann bisch dir im klara,
spuckst du jetzt übers Gländer on Kriasestoi
hauts unna beima Mercedes d´Windschutzscheib nei!
Ischs Wetter schee, kei Wolk isch zum sea
Dr Mond duat der Sonn a Stelldichei gea
Nimmsch die Schätzle ganz fecht in Arm
Wird euch im Herzle au glei warm,
seller Ausblick vom Turm isch wunderbar,
so wia unsre Heimat, d`Schwarzwald-Baar!

Danke!

Heut will i doch mol danksche saga,
au sellna, wo sich dennt beklaga,
Schmuddelkram und Schweinereia,
hinter verschlossna Tür muaß bleiba!
Was in da deutscha Bettstadt so passiert,
anständige Schwoba des net tangiert,
vom Ma da Zipfl, der bleibt verschlossa,
nu zum Kindlemacha wird scharf gschossa,
älles andre, so kann mer höra,
duat dia scheinheilig Welt zerstöra.
Aber wehe wenn dia Welt guckt weg,
kann's net perverser sein der Dreck!
Do wird geprügelt, gfesselt und misshandelt,
mit Leder, Latex, Ketten sich verwandelt,
Perversitäten und Erniedrigung,
hauptsach s'gibt Befriedigung!
Doch wehe einer gibt sein Fetisch kund,
wird er verhöhnt, ma macht ihn rund,
der wird verspottet, öffentlich gschlacht,
des lenkt ab, des eigne Leba net betracht.
Und guckt die Welt dann wieder weg,
tauchat dia Anständiga nab in ihren Dreck!

Es regnet!

Dei Nas drückst du an d`Fensterscheib,
da Herbst steht wieder mol bereit,
du guckast naus, total gebannt,
in dir drin bisch tief entspannt!
Vögel suachat im Häusle nach Fressa,
sie streitat sich, älles um sich rum vergessa,
s´Kätzle guckat leis dem Schauspiel zua,
doch heut losst se dia Piepmätz in Rua,
weil wellt se oiner glei verwischa,
müsst se durch den Rega zischa.
Dei Nas wird langsam immer kälter,
on neua Herbst bischt du jetzt älter.
Der Rega prasselt leis, isch kaum zu höra,
tief im Boda drin duat des dia Würm betöra,
neugierig machat dia sich auf die Reise,
ab noch Oba, jeder auf sei eigne Weise.
Guck, do blinzlat oiner zu da Erde naus,
scho wir der im Vogel sei Abendschmaus.
Dia Elster schnappt den arma Tropf,
landat fix im Vogelkropf...
Dia Nas isch weg vom Fensterglas,
der Blick goht weg vom Gschea im Gras,
da Rega will heut eifach nimme enda,
on Vorteil hots, dia Sonn ka heut it blenda,
s´Kätzle mautzt und will ind Wärm,
miaut so laut, macht mords Gelärm,
schlimmer als de Gejaule isch nu eins,
dia Longplayer von da Hitparad uff SWR1!
Ach warum blos, so denkst du dir,

gibt's die Helene meist nur auf SWR4!
Hitparad gibts auch wenns draußa pisst,
Danke, habe bis jetzt kein Song vermisst!

Fernsehbaura...

Jetzat ischas wiederholt soweit,
beim RTL isch wieder Baura-Zeit. Man könnt grad moina jeder Ma,
isch on Bauer wenn der mischda ka!
Mei do tümmlat sich Gestalta,
i wet gern, darf aber net umschalta,
well s'Weib dia will den Quatsch agucka,
und i soll mi an sie nadrucka.
Dia viele Baura und a Bäuerin,
gennt mir heut nimme aussem Sinn.
Dia hübsche Bäurin war die Best,
holt sich drei Hansele zum Test,
einer darf da dreckig Grill anheiza,
die Andra sollat mit ihren Reiz net geiza,
Des Grillgut uff em Rost und der isch schmutzig,
Fleisch kommt vom Discount, des macht mi stutzig,
kann sichs der Sender vielleicht net leista,
duats Geld fürs eigne Baurafleisch net reicha?
Egal, dia Quota müssa stimma,
RTL im Geld ka schwimma!

Mittagsschlof

Da Schwob wird meist am Mittag müd,
des schlägt ihm oftmals uffs Gemüt,
er legt sich ab wann immer meglich,
deckt sich zua mit seinem Teppich,
druckt dann schnell seine Bebbel zua,
und kommt meistens schnell ind Rua.
Damit des Gmüt sich kann erhola,
werrat Träum beim Schlafgott gstohla.
Dia drehat sich dann meist ums schaffa,
Häusle baua und s'Geld zammaraffa,
hot der Kerl im Traum gnuag grafft,
stoht er uff und weiter gschafft!
Weh es stört ihn oiner in seim schlofa,
duat der Schwob ihn hart bestrofa!
Haut ihm uff sein Zischpl nuff,
mit da Faust grad obadruff...
Er hört erst uff mit derra Sach,
wenn er isch dann so richtig wach:
Du bleda Hund du musst heut höra,
im Schwob sei Schlof darf mer net störa!

Der regional Bier Jodler

Wulle, Sanwald Hatz und Höpfner
Lehner, Fürst und auch der Zöttler
Haigerlocher, Schönbuchbräu
Dia sind älle heut dabei!
Ganter, Kronen und Hirsch Bier
Edles Bräu mein Herz schlägt dir
Waldhaus, Zäpfle, Adlerbräu
Unserm Bier dem bleib i treu!

Mir liebat unser eiga Bier,
regional, mir sind dafür,
kosts uns au on Kreutzer meh,
dafür gibt's koi Schädelweh!

Kein Königs oder Bier vom Beck
Niemals gibt's bei uns den Dreck,
mit Warstein, Veltins kansch uns jaga,
au sell Bit dend mir gar net vertraga,
mit Erdinger und Franziskaner Weiza,
könnat ihr uns uff koin Fall reiza!
Kauf koi Radeberger Bier vom Osta,
egal, duats au blos 6 Euro kosta!

Mir liebat unser eiga Bier,
regional, mir sind dafür,
kosts uns au on Kreutzer meh,
dafür gibt's koi Schädelweh!

Hohner, Zöttler, Schwabenbräu

Wie ich mich jeden Abend auf euch freu,
Ketter und au Meckatzer
Dinkelack und Hochdorfer
Am See da gibt's das Ruppaner,
in Karlsruh trinkt mer Moninger,
Alpirsbach und Riegeler,
ich wünscht es gäb viel mehr!

Mir liebat unser eiga Bier,
regional, mir sind dafür,
kosts uns au on Kreutzer meh,
dafür gibt's koi Schädelweh!

Schmerz

Hab mir grad die Hand verbrannt,
am Ofen seiner heißen Wand,
ich Depp so denke ich und schrei,
warum langst au blöd ins Feuer nei.
Doch dieser Schmerz ist grad erträglich,
im Leben scheiterst Du fast täglich
und diese Schmerzen bitte glaubt es mir,
ein mancher tötets ab mit Bier.
Doch was am nächsten Tag dich stets ereilt,
die meisten sind total verpeilt,
und treten schon in nächsten Haufen,
das hast Du nun vom dummen Saufen!
Deiner Gsundheit würde es was bringen,
ich kann ein Liedlein davon singen,
lasst die Finger weg von Alk und Drogen,
ihr versauft in Teufels Wogen,
und passt gut auf droht Suchtgefahr,
denn dann ist nichts mehr wunderbar!

Schoppen

Wenn der Schwob vom Schoppen schwätzt,
isch sei Weible meist entsetzt,
denn wia sonst gohts net ums kaufa,
sondern gmütlich einer saufa!
Do sitzt der nämlich, duat net dappa,
es goht ihm dann au nix durch d'Lappa,
Schnäpple macha isch fürd Weiberleut,
beim Mann es meist a Schnäpsle geit,
vo oim Shop zum andra rennat Fraua,
dia Manna dennt sich do da Bauch vollhaua,
mit Bier und Schorle des isch fei,
so muass Schoppen eben sei!

© 2022, Achim Leed
Herstellung und Verlag: BoD – Books on Demand, Norderstedt
ISBN: 9783756208784